Meister Joachims Geheimnis

Sigrid Heuck

Meister Joachims Geheimnis

Thienemann

August 1520
Ich hab meister Joachim für 1 Gulden kunst geschenkt, darum das er mir sein knecht und farb geliehen hat; und sein knecht hab ich für drei pfund kunst geschenckt.

20. April 1521
Ich hab meister Joachim mit dem stefft conterfeit und im sonst noch ein angesicht mit dem stefft gemacht.

5. Mai 1521
Item am sondag vor der creutzwochen hat mich meister Joachim, der gut landschafft mahler auf sein hochzeit geladen und mir alle ehr erbotten.

20. Mai 1521
den meister Joachim hab ich 4 Christophel auff graw papir verhöcht.

Albrecht Dürer
aus dem Tagebuch der Reise
in die Niederlande

Der Tag, an dem ich den dicken, gelben Umschlag ohne Absenderangabe in meinem Briefkasten fand, war ein Tag gewesen wie jeder andere auch.

Es regnete. Um die Kuppen der Hügel trieben graue Wolkenfetzen. Das Regenwasser bahnte sich hangabwärts kleine Rinnsale, sammelte sich in immer größer werdenden Pfützen und dampfte aus den Bäumen.

Als ich den Brief aus dem Kasten zog, verwischten Tropfen die mit Tinte geschriebene Adresse. Ich nahm sofort an, es wäre ein Manuskript, das mir irgendwer zuschickte, weil er hoffte, ich könnte ihm helfen, es zu veröffentlichen. Das kommt ab und zu vor.

Lustlos und wenig neugierig auf seinen Inhalt legte ich den Umschlag zu den anderen Briefen, die schon längere Zeit auf ihre Erledigung warteten. Da lag er einige Tage, während es draußen weiter goss, die Bäche über die Ufer traten, und sogar die Katzen lieber daheimblieben, als in den nassen Wiesen nach Mäusen zujagen.

So blieb mir nichts anderes übrig, als die liegen gebliebene Post zu beantworten, bis eines Abends nur noch der geheimnisvolle Brief ohne Absender übrig geblieben war.

Es war ein Manuskript, das aus vier einfachen Schulheften bestand. Auf den Etiketten standen römische Zahlen, und unter den Zahlen dann jeweils ein Titel, zum Beispiel: »Das Bild« oder »Der Weg«.

Am Ende jeden Heftes befanden sich einige leere Seiten, und das kam mir vor, als hätte dem Verfasser sehr viel daran gelegen, die einzelnen Abschnitte auseinanderzuhalten. Die Handschrift war steil und selbstsicher, doch schien mir der Schreiber noch ziemlich jung zu sein. Die großen Buchstaben überragten deutlich die kleinen, und manchmal lief ein g mit einem Ansatz zu einem Schnörkel aus. Im Verlauf des Textes wurde die Schrift etwas flüchtiger, so als habe es der Verfasser eilig gehabt. Vielleicht hatte er am Anfang auch länger überlegt und war dann später in seine gewöhnliche Schreibweise zurückgefallen. Da rutschten die Zeilen am Ende manchmal ab, und die n und m verschmolzen ineinander. Trotzdem vermutete ich, dass er nicht nur außergewöhnlich intelligent, sondern auch künstlerisch begabt sein musste, wenn auch ein wenig verschlossen. Außerdem schien er zu jener Sorte von Menschen zu gehören, die stolz und beinahe etwas verliebt in ihre Handschrift waren.

War es schon sonderbar gewesen, dass der Brief keinen Absender trug, so fand ich es noch viel ungewöhnlicher, dass ich keinen Begleitbrief entdecken konnte. Das bedeutete nichts anderes, als dass der geheimnisvolle Absender von mir überhaupt keine Antwort erwartete. Was wollte er dann? Es fiel mir schwer, in dieser Handlungsweise einen Sinn zu entdecken, und so kam ich zu dem Schluss, dass mir nichts anderes übrig blieb, als die Geschichte zu lesen. Vielleicht würde ich in ihr die Beantwortung aller Fragen finden? Begleitet vom Rauschen des Regens schlug ich die erste Seite auf.

I. Das Bild

1

Es begann damit, dass ich am Ufer des Flusses eine Leiche entdeckte.

Zwei Männer hielten das schmale Floß, auf dem sie festgebunden war, doch ich konnte von meinem Standpunkt aus nicht erkennen, ob sie im Begriff waren, es an Land zu ziehen oder in die Strömung zu stoßen.

Der tote Mann trug einen roten Pullover und eine helle Hose, die von den Knien an abwärts deutlich dunkler wurde. Das sah so aus, als wäre er in seinen letzten Lebensstunden noch durch einen Sumpf gewatet. Unter seinem Gürtel steckte ein Stück Papier.

Der Fluss strömte gemächlich dahin. Nur ein kurzes Stück hinter der Stelle, an der sich die Leiche befand, teilte er sich in zwei Arme. Sie umschlossen eine felsige Insel, auf deren höchster Erhebung sich eine mächtige Burg befand. Hinter der Insel mündete der Fluss ins Meer. An seinem rechten Ufer, dort, wo das Land zurückbleiben musste und das Wasser sich bis an die Grenzen des Himmels zu erstrecken begann, war eine Stadt zu erkennen.

Lange betrachtete ich den toten Mann und überlegte, wer er war und wie er gestorben sein könnte. War er ermordet worden? Was bedeutete das Papier, das unter seinem Gürtel steckte? War es ein Brief, ein Testament vielleicht, oder einfach nur ein leeres Blatt?

Je länger ich darüber nachdachte, umso mehr wurde der Gedanke, den Fall aufzuklären, zu einer fixen Idee, die mir heute noch wie eine Art von Verhexung vorkommt.

Es begann wie ein Stich in meinem Kopf und nahm langsam von mir Besitz wie eine Seuche, die sich zuerst kaum spürbar, doch unaufhaltsam in mir auszubreiten begann. Es fiel mir schwer, an etwas anderes zu denken. Alltägliche Ereignisse traten in den Hintergrund. Die Schule, das Zusammenleben mit meiner Mutter und alles andere verlor an Wichtigkeit. Vielleicht war es wirklich eine Art Verzauberung, denn das, was geschah, kommt mir heute wie ein geheimnisvolles Abenteuer vor, vielleicht auch wie eine Erweiterung meines Wahrnehmungsvermögens, die mit modernen naturwissenschaftlichen Erkenntnissen nicht zu erklären wäre. Und weil ich das Schweigen nicht mehr länger ertrage, mein Erlebnis aber auch niemandem erzählen kann, ohne dass man mich für verrückt erklärt, werde ich versuchen, alles aufzuschreiben. Möglicherweise tue ich das auch nur, um es später wieder zu zerreißen oder zu verbrennen, weil ich damit vielleicht auch alles vergessen kann, was gewesen ist.

Diese Niederschrift wird also der Versuch sein, meinen Seelenfrieden wiederzuerlangen, von dem ich hoffe, dass er gelingt, so oder so.

Andere Jungen in meinem Alter arbeiten in ihrer Freizeit, gehen mit ihren Mädchen in Discos oder hocken vor ihrem Computer. Ich interessiere mich nur wenig für Discos und gar nicht für Computer. Die Mädchen kichern sich hinter vorgehaltenen Händen zu, wenn sie mir auf der Straße begegnen, und alles, was ich für die Schule brauche, lerne ich in den Pausen oder auf der Heimfahrt im Bus. Meine Lieblingsfächer sind Kunst, Literatur und Musik und meine liebsten Feizeitbeschäftigungen sind Lesen und Malen.

Darüber ärgert sich meine Mutter oft. Sie findet, ich solle mehr Sport treiben, das sei gesund. Aber ich bin eben kein sportlicher Typ. Seit sich mein Vater von ihr getrennt hat, arbeitet sie wieder in einer Apotheke, so wie früher vor ihrer Heirat. Da ich keine Geschwister habe, bin ich untertags fast immer allein in der Wohnung. Dann lese ich oder höre Musik, und manchmal male ich auch. Ich male nie nach der Natur, immer nur das, was mir gerade einfällt, was ich irgendwann einmal geträumt habe, oder Illustrationen zu Gedanken, die mich beschäftigen. Diese Bilder verstecke ich vor meiner Mutter, denn sie würde doch bloß darüber lachen und mich ermahnen, mehr an die frische Luft zu gehen.

Die Bücher, die ich gern lesen möchte, hole ich mir aus einer Bücherei, denn mein Taschengeld reicht nicht aus, um alle zu kaufen, die mir gefallen. Nur wenn mein Vater mir Geld schickt, kaufe ich ab und zu ein Buch oder eine Schallplatte.

Im Gegensatz zu meiner Mutter verlangt er von mir nämlich keine Rechenschaft darüber, wofür ich das Geld ausgegeben habe.

2

Eines Tages, kurz nach meinem sechzehnten Geburtstag, schlenderte ich eine Straße entlang, als ich vor einer Buchhandlung einen Kasten entdeckte, in dem Bücher zu herabgesetzten Preisen angeboten wurden. An solchen Kästen konnte ich nie vorbeigehen, ohne sie zu durchwühlen. Sie übten eine beinahe magische Anziehungskraft auf mich aus. Dort fand ich oft Kunstbände, die für mich unerschwinglich waren und die ich sonst nur durch eine Schaufensterscheibe bewundern konnte.

An diesem Tag entdeckte ich zwischen den anderen Büchern einen Bildband über einen niederländischen Maler, der zu Beginn des 16. Jahrhunderts in Antwerpen gelebt hatte. Er hatte den Titel: *Patinir oder die Harmonie der Welt.* Vom ersten Augenblick an wusste ich, dass ich dieses Buch haben musste. Glücklicherweise hatte mir mein Vater fünfzig Mark zum Geburtstag geschenkt, und daher war ich in der Lage, es gleich zu kaufen und mitzunehmen.

Während ich es heimtrug, ahnte ich nicht, was mir bevorstand, und dass dieses Buch mein Leben verändern würde.

Als ich das bisher Geschriebene noch einmal durchlas, fiel mir auf, dass man annehmen könnte, ich hätte wirklich einen Toten am Flussufer gefunden. Gesehen habe ich ihn schon, allerdings nur auf einer der vielen Abbildungen in diesem Buch.

»Patinir«, nie zuvor hatte ich diesen Namen gehört. Ich kannte die Bilder von Jan van Eyk und Pieter Breughel, dem Bauernmaler, von Hieronymus Bosch und anderen Niederländern. Doch ich konnte mich nicht erinnern, jemals ein Bild von einem Maler namens Joachim Patinir gesehen zu haben. Als ich das Buch aber aufschlug, kam es mir gleich so vor, als hätte ich diese Bilder schon immer gekannt und als seien sie nur für mich gemalt.

Mein erster Eindruck war, dass der Maler nur an Landschaften interessiert gewesen war. Erst bei genauerem Hinsehen entdeckte ich die kleinen Figuren der Mutter Gottes, der Heiligen Hieronymus und Antonius oder anderer biblischer Gestalten. Ich sah mir jede Abbildung ganz genau an und betrachtete lange die von Flüssen durchzogenen Hügelketten. Auf einigen Bildern mündeten diese Flüsse ins Meer. Oft verdichteten sich die Wolken am oberen Rand eines Bildes zu einem dunklen, drohenden Gewitter, dem die kleinen, zerbrechlich wirkenden Behausungen der Menschen schutzlos ausgeliefert waren. Ab und zu wuchs aus einem Felsen eine Burg, und ferne Städte drängten sich um hochgebaute Kirchen. Auf einem Bild trug der heilige Christophorus das Jesuskind über einen Fluss, und genau dort, am linken Ufer, entdeckte ich den toten Mann auf dem Floß, die Leiche, unter deren Gürtel ein Stück Papier steckte.

3

Am Abend des Tages, an dem ich das Buch erstanden hatte, wurde meine Mutter ziemlich ärgerlich, als sie von der Arbeit heimkam. Es war nämlich meine Aufgabe, nach der Schule die Küche aufzuräumen und das Geschirr zu spülen. Doch an diesem Tag hatte ich anderes im Kopf gehabt.

Wenn meine Mutter ärgerlich ist, dann versucht sie mich zu strafen, indem sie nicht mehr mit mir redet. Deshalb saßen wir uns während des Abendessens stumm gegenüber, was mir ganz recht war, denn so konnte ich in aller Ruhe den Gedanken nachgehen, die in meinem Kopf herumschwirrten.

Ich dachte nämlich darüber nach, ob die Szene mit dem Toten und noch einige andere Ereignisse, die Joachim Patinir im Hintergrund seines Bildes wiedergegeben hatte, in der Legende des heiligen Christophorus vorkommen. Es war mir schon früher aufgefallen, dass die Maler jener Zeit häufig in ein und demselben Bild zeitlich hintereinander liegende Ereignisse darstellten.

Diese Erklärung war naheliegend. Doch weil mir die Christophoruslegende unbekannt war, beschloss ich, mir so bald wie möglich ein Buch über Heiligenlegenden zu besorgen.

Gleich am nächsten Tag ging ich in die Bücherei. Als ich meine Bitte vortrug, sah mich die Frau, die dort arbeitete, etwas erstaunt an. Sie war von mir andere Themen gewöhnt, Bücher von Erich Fromm oder Castaneda, vielleicht auch von Tolkien oder Umberto Eco, aber Heiligenlegenden, nein!

Doch mir war es gleich, was sie dachte. Sie holte ein Buch aus dem Regal und schob es mir über den Tisch. Sein Titel lautete: *Die Legenda aurea des Jacobus von Voragine*

»Wozu brauchst du das?«, fragte sie neugierig. Doch ich zuckte nur mit den Achseln und blieb ihr die Antwort schuldig.

Kaum war ich daheim, warf ich mich auf mein Bett, suchte die Legende des heiligen Christophorus und las:

Es war einmal ein Mann von gewaltiger Größe und schrecklichem Aussehen. Er hatte sich vorgenommen, dass er nur dem mächtigsten König dienen wollte. Nach langer Suche fand er einen Herrscher, von dem sich die Leute erzählten, dass er der mächtigste sei. Dieser König nahm ihn auch gleich in seine Dienste.

Eines Tages trat ein Spielmann am Hofe auf. Er sang ein Lied, in dem mehrere Male der Teufel erwähnt wurde. Da der König ein Christ war, schlug er bei jeder Erwähnung des Namens ein Kreuz. Der Riese fragte ihn, was das zu bedeuten habe, und der König erklärte ihm: »Wenn jemand in meiner Gegenwart den Teufel beim Namen nennt, segne ich mich mit diesem Zeichen, weil ich ihn fürchte.«

Da erwiderte der Riese enttäuscht: »Wenn du den Teufel so fürchtest, dann ist er stärker als du. Da ich mir aber geschworen habe, nur den mächtigsten Herrscher der Welt als meinen Herrn anzuerkennen, muss ich dich nun verlassen und den Teufel suchen, damit er mein Herr werde und ich sein Knecht.« Danach ging er fort.

Bald darauf begegnete ihm in einer einsamen Gegend eine Schar wilder Reiter. Einer von ihnen war besonders schrecklich anzusehen.

»Wohin gehst du?«, fragte er den Riesen, und der erklärte ihm, dass er auf der Suche nach dem Teufel sei, weil er sein Knecht werden wolle. Da sagte der Reiter: »Ich bin der, den du suchst.«

Und sofort gelobte der Riese, ihm für ewige Zeiten zu dienen. Als sie nun weiterzogen, kamen sie an einem Wegkreuz vorbei. Der Teufel wich ihm aus und ritt einen großen Umweg durch widriges Gelände. Darüber wunderte sich der Riese, und er erkundigte sich nach dem Grund.

»Da hat ein Mensch gelebt, der hieß Christus, den hat man ans Kreuz geschlagen. Und weil er der Sohn Gottes gewesen ist, fürchte ich mich vor dem Zeichen des Kreuzes.«

»Dann ist dieser Christus mächtiger als du«, stellte der Riese fest. »Und ich habe den größten Fürsten der Welt immer noch nicht gefunden.«

Er verließ den Teufel und machte sich erneut auf die Suche. Er fragte alle Leute nach Christus, aber niemand hatte von ihm gehört. Erst ein alter Einsiedler konnte ihm Auskunft geben. Er erzählte ihm von dem Sohn Gottes und unterwies ihn im Glauben.

»Ihm will ich dienen und niemand anderem«, sagte der Riese.

Doch er wollte weder fasten noch beten. Da schlug ihm der Eremit vor, alle Reisenden über einen in der Nähe gelegenen, tiefen und gefährlichen Fluss zu tragen. »Vielleicht wird sich dir Christus dann eines Tages selbst offenbaren.«

Also ging der Riese an den Fluss und baute sich eine Hütte am Ufer. Er besorgte sich eine Holzstange, auf die er sich im Wasser stützen könnte, und trug jeden Wanderer, der den Fluss überqueren wollte, hinüber.

Eines Tages hörte er vor seiner Hütte eine Kinderstimme: »Komm heraus und setz mich über!«

Zweimal ging er hinaus, ohne jemanden zu sehen. Erst beim dritten Mal fand er ein Kind am Ufer, das ihn bat, es über den Fluss zu tragen.

Da setzte sich der Riese das Kind auf die Schulter, ergriff seine Stange und stieg ins Wasser. Doch mit jedem Schritt wurde das Gewicht auf seinem Rücken schwerer, und er fürchtete sich, weil er glaubte, ertrinken zu müssen. Nie vorher war ihm die Durchquerung des Flusses so schwergefallen. Doch er kam wohlbehalten auf der anderen Seite an. »Du bist so schwer gewesen, als hätte ich nicht dich, sondern die ganze Welt über den Fluss getragen«, sagte er zu dem Kind.

»Du hast nicht nur die Welt getragen, sondern auch den, der sie erschaffen hat«, erwiderte es ihm. »Denn ich bin Christus, dein Herr, und damit du siehst, dass ich die Wahrheit spreche, nimm deinen Stab und stecke ihn vor deiner Hütte in die Erde, dann wirst du erleben, dass er am nächsten Morgen blüht und Früchte trägt.« Daraufhin verschwand es vor seinen Augen.

Der Riese tat, wie ihm gesagt worden war, und wirklich, am anderen Tag trug seine Stange Blätter und Früchte. Seitdem nannte er sich »Christophorus«, das heißt so viel wie »der, der Christus getragen hat«.

Von da an zog er durch die Welt, um allen Menschen von dem Wunder des Stabes zu erzählen und sie dadurch zu bekehren.

Eines Tages kam er in einer Stadt zu einem Richtplatz, auf dem viele Christen gefoltert wurden. Er versuchte, ihnen beizustehen, und als der Richter ihn ebenfalls foltern wollte, steckte er seinen Stab in die Erde und bat Gott, dass er Blätter treiben möge, und als er wirklich Früchte trug, bekehrte Christophorus achttausend Menschen durch dieses Wunder.

Da befahl der König des Landes, zu dem die Stadt gehörte, seinem Gefolge, den Riesen in Ketten zu legen. Doch auch die Kriegsknechte ließen sich bekehren, aber Christophorus folgte ihnen freiwillig ins Gefängnis.

Daraufhin schickte ihm der König zwei schöne Mägde in den Kerker, die ihn verführen sollten. Aber die beiden Frauen erschraken vor der Klarheit seines Angesichts und baten ihn um Erbarmen. Als das der Herrscher vernahm, verurteilte er

Aquilina, eine von ihnen, zum Tode durch Erhängen und ihre Schwester Nicaea zum Feuertod. Doch als sie unversehrt vom Scheiterhaufen stieg, ließ er ihr den Kopf abschlagen. Der Riese Christophorus aber wurde mit eisernen Ruten geschlagen. Man setzte ihm einen glühenden Helm auf den Kopf und band ihn auf einem eisernen Schemel fest, unter dem man mit Pech ein Feuer entzündete. Aber der Schemel schmolz wie Wachs und Christophorus blieb unversehrt. Danach band man ihn an einen Pfahl, und vierhundert Kriegsknechte schossen mit Pfeilen auf ihn. Die Pfeile blieben alle in der Luft stehen, und keiner erreichte sein Ziel. Und als der König ihn verhöhnte, fuhr ihm einer der Pfeile ins Auge und machte ihn blind.

Da sagte Christophorus zu ihm: »Morgen, o König, bin ich tot. Dann nimm mein Blut und bestreiche damit dein Auge, und du wirst wieder sehen können.«

So geschah es. Da war auch der König bekehrt, denn mit seiner leiblichen Blindheit war auch die geistige geheilt. Seitdem ist der heilige Christophorus einer der vierzehn Nothelfer. Er gilt als der Schutzpatron gegen die Gefahr einer Feuersbrunst und die eines plötzlichen, gewaltsamen Todes.

4

Als ich das gelesen hatte, holte ich mir eine Lupe, schlug das Buch auf und verglich die einzelnen Szenen des Bildes mit der Legende. Der Maler hatte den Heiligen gemalt, als er gerade den Fluss überquerte. Das Jesuskind auf seiner Schulter trug eine kristallene Kugel in der Hand. Sie glich derjenigen, die meine Mutter auf ihrem Schreibtisch liegen hat und mit der sie ihre unerledigten Briefe beschwert.

Das Gewicht des Kindes und der Welt drückte den Heiligen tief hinunter, und er stützte sich schwer auf einen langen Stab. Wie groß Christophorus war, konnte man leicht an dem alten Mönch erkennen, der ihn am linken Ufer zu erwarten schien. Der Mönch lehnte an einem dürren Baumstamm, nicht um sich dahinter zu verbergen, viel mehr, weil er alt und müde war.

Ein Stück weiter hinten war eine merkwürdige Hütte zu erkennen, in der ein Mann seine Kleider trocknete. Der Baum vor der Hütte trug in seinen Ästen ein Baumhaus, das nur über eine Leiter zu erreichen war. Von der Hütte aus fiel das Gelände bis zum Ufer des Flusses leicht ab, und genau dort standen die beiden Männer, die das Floß mit dem Toten festhielten. Erst jetzt erkannte ich, dass auch sie Mönche waren.

Ein Stück weiter legte gerade ein kleines Fährboot an, und am gegenüberliegenden Ufer führte ein Weg in vielen Windungen der fernen Stadt entgegen.

Rechts von ihm wuschen sich zwei Männer in einem Tümpel, und von hinten kam eine wilde Kriegshorde dahergeritten. Daneben trieben einige Menschen eine Herde Vieh.

Hatte der Maler mit diesem kriegerischen Haufen den Teufel und seine Kumpane gemeint oder das Gefolge des Königs, das den Heiligen gefangen nehmen sollte?

Noch weiter hinten, kurz vor der Stadt, führte der Weg

durch den Hof einer Mühle, in dem sich drei Menschen aufhielten. Ein Mann lag am Boden, so als habe ihn gerade ein anderer niedergeschlagen. Ich konnte mir nicht vorstellen, was diese Szene mit der Legende zu tun haben könnte.

Zwischen der Mühle und der sich auf einer Halbinsel ausbreitenden Stadt konnte ich einige Bäume erkennen, die sich zu einem kleinen Wäldchen zusammendrängten.

Auf dem Platz vor dem Stadttor rotteten sich Menschen zusammen, und in der Stadt brannte es. Wollte der Maler damit auf die Verbrennung der Magd Nicaea anspielen? Je länger ich mich mit dem Bild befasste, umso rätselhafter erschien mir das alles. Was bedeutete der Zusammenstoß der beiden Handelsschiffe in der Hafeneinfahrt? Waren sie nur aus Versehen aneinandergeraten oder bekämpften sie sich? Der Maler musste einen Grund gehabt haben, so einen Unglücksfall zu malen. Für alle diese Szenen musste es einen Grund geben, und wenn ich ihn nicht in der Legende fand, wo sollte ich sonst noch danach suchen?

Mir kam der Gedanke, dass Joachim Patinirs Lebensgeschichte vielleicht Aufschluss darüber geben könnte. Deshalb beschloss ich, in dieser Richtung weiterzuforschen.

5

Am nächsten Tag brachte ich das Buch mit den Heiligenlegenden zurück in die Bücherei und verlangte etwas über niederländische Kunst. Die Bibliothekarin, die mir schon einmal geholfen hatte, sah in ihrer Kartei nach, ging dann zu einem Regal und holte einige schwergewichtige Bände heraus. »Willst du die alle mitnehmen?«, fragte sie mich.

Die Bücher waren wirklich sehr schwer. Deshalb setzte ich mich erst einmal an einen Tisch und suchte im Namensregister jedes Bandes, ob der Name »Patinir« überhaupt vorkam.

Das war gut, denn von den sechs Büchern, die sie vor mich hinlegte, wurde er nur in dreien erwähnt, und außerdem war er jedes Mal anders geschrieben. Einmal stand »Patinir« da, beim nächsten »Patinier« und beim dritten »Patenier«.

Die drei, in denen er überhaupt nicht genannt wurde, gab ich zurück, die anderen nahm ich mit.

Eigentlich hätte ich mich an diesem Nachmittag auf die nächste Mathematikstunde vorbereiten müssen, doch meine Neugier war zu groß. Ich schlug gleich nach, was die einzelnen Verfasser über Patinir schrieben. Zu meiner großen Enttäuschung waren es kaum mehr als ein paar Jahreszahlen und ein paar dürftige Bemerkungen zu seinem Lebenslauf. Nicht einmal das Geburtsjahr war genau bekannt und auch nicht der genaue Geburtsort. Einer der Autoren meinte, er sei 1480 geboren, die beiden anderen behaupteten 1485. Ursprünglich glaubte man, sein Geburtsort sei Dinant, doch dann hatte irgendein Historiker herausgefunden, dass es Bouvignes gewesen sein musste. Als ich im Atlas nachsah, fand ich, dass beide Orte etwas südlich der Stadt Namur an der Maas liegen. Das gehörte damals zu den Niederlanden, heute ist es belgisches Gebiet. Keiner weiß, wo dieser Maler seine Lehr- und Wanderjahre verbracht hatte. Erst 1515 tauchte sein Name in der

Liste der St. Lukasgilde in Antwerpen auf, das damals Anttorff genannt wurde. Die St. Lukasgilde war eine Malervereinigung. Wer in sie aufgenommen wurde, durfte sich »Meister« nennen. In den Jahren 1520 und 1521 hatte sich Albrecht Dürer auf seiner Reise durch die Niederlande mehrere Male mit Joachim Patinir getroffen und ihn auch in seinem Tagebuch erwähnt. Als Todestag Patinirs wird der 5. Oktober 1524 angegeben.

Im Gegensatz zu vielen anderen Malern seiner Zeit sind nur wenige Bilder von ihm erhalten, fast alle hängen in großen Museen. Das Bild des heiligen Christophorus zum Beispiel hängt im königlichen Kloster El Escorial in Spanien.

Das war alles. Mehr stand nicht da. Nichts über den Toten oder die Szene in der Mühle, nichts über den Schiffszusammenstoß oder die wilde Kriegshorde.

So kam ich nicht weiter. Doch meine Besessenheit nahm zu. Je schwieriger die Nachforschungen wurden, umso geheimnisvoller erschien mir alles. Ich vernachlässigte meine Schularbeiten und verkroch mich immer öfter und länger in meinem Zimmer.

»Was ist nur mit dir los, Peter?«, fragte mich meine Mutter eines Abends bekümmert. »Du gehst kaum noch aus dem Haus.«

Und als sie das sagte, fiel mir auf, wie müde sie aussah, und dass sich von ihrer Nase bis zu den Mundwinkeln feine Falten eingegraben hatten.

Doch ich konnte und wollte ihr nicht erklären, was mich beschäftigte. Dafür hätte sie kein Verständnis gehabt, das wusste ich genau. Also zuckte ich nur mit den Achseln.

Schon bald begannen in der Schule einige Lehrer meine mangelnde Mitarbeit während des Unterrichts zu rügen. »Wo bist du mit deinen Gedanken?«, fragten sie mich, obwohl sie so etwas überhaupt nichts anging.

Ich ließ sie reden, so viel sie wollten.

Mein Notendurchschnitt reichte aus, um in die nächste Klasse versetzt zu werden. Ein paar Punkte weniger störten mich nicht.

6

Abend für Abend hockte ich in meinem Zimmer und betrachtete die Bilder in meinem Buch. Allmählich kam es mir vor, als habe der Maler die biblischen Themen nur als Vorwand benützt. Es muss ihm viel mehr daran gelegen haben, die ganze Welt darzustellen. Nicht nur Land und Meer, Flüsse und hohe Gebirge, Städte, Dörfer und einsame Hütten, nicht nur Menschen, Tiere und Bäume, auch den Himmel und die Wolken, Sonne, Regen, Sturm und Wind in allen Jahres- und Tageszeiten hat er gemalt. Es war die Welt, so wie er sie sah und erlebte.

In dem Christophorusbild hielt das Jesuskind eine kristallene Kugel in seinen Händen. Hatte Joachim Patinir mit ihr die Erde so wiederzugeben versucht, wie sie zur damaligen Zeit nur in den Köpfen einiger Astronomen existierte? Oder war sie für ihn nur das Zeichen der Königswürde, der Reichsapfel?

In meinem Buch war auch ein Kupferstich abgebildet. Er zeigte die Kopie eines gezeichneten Porträts von Joachim Patinir, das Albrecht Dürer angefertigt hatte, als er den Maler in Antwerpen besuchte. Dieses Porträt zeigte Patinir nicht so, wie ich mir einen Künstler der damaligen Zeit vorgestellt hatte. Er trug ein Pelzbarett und musste noch ziemlich jung gewesen sein. Sein Blick war in die Ferne gerichtet, gerade so, als sei er ein Seemann gewesen, der auf der Suche nach den Grenzen der Erde mit seinem Schiff über die Weltmeere segelt. Ich hätte viel darum gegeben, zu wissen, was wohl hinter seiner Stirn vor sich ging. Doch das konnte nicht gelingen, denn es war ja nur das Abbild eines Menschen und nicht der Mensch selbst, dem ich ins Gesicht sah. Daraufhin kam mir die Idee, Doktor Schreiber zu fragen. Er war unser Lehrer für Kunstgeschichte.

»Kennen Sie einen Maler mit dem Namen Joachim Patinir?«, fragte ich ihn nach der nächsten Stunde.

»Patinir – Patinir? Meinst du den, von dem Dürer gesagt hat, er wäre ein guter Landschaftsmaler? Warum interessierst du dich für ihn?«

Doch ich hatte keine Lust, mir irgendwelche Ausreden auszudenken. »Nur so«, sagte ich verlegen.

Da bot er mir an, mir das Buch zu leihen, in dem Dürers Tagebuch abgedruckt war. Gleich am nächsten Tag brachte er es mit. Ich musste ihm nur versprechen, es sorgfältig zu behandeln.

Das Tagebuch war gut zu lesen. Ab und zu musste ich einen altdeutschen Ausdruck in einem Anhang nachschlagen, doch im Allgemeinen war es leicht zu verstehen.

Meine Verehrung für Albrecht Dürer ließ etwas nach, denn in seinem Tagebuch notierte er fast nur, was er ausgegeben, wen er zum Essen eingeladen hatte und ob ihm derjenige von Nutzen gewesen war oder nicht. Er kam mir wie ein Pfennigfuchser vor.

Den Maler Patinir erwähnte er nur wenige Male. Im August 1520 hatte er ihn einmal zum Essen eingeladen und ihm kurz darauf für einen Gulden »Kunst« geschenkt, was immer das auch gewesen sein mochte. Dafür lieh ihm »Meister Joachim«, wie er ihn nannte, seinen Knecht und etwas Farbe. Ende März 1521 übergab der Stadtsekretär von Antwerpen Dürer eine kleine, von Joachim Patinir gemalte Tafel,

und im April des gleichen Jahres »konterfeite« Meister Albrecht den Maler »mit dem Stift«. Das war offensichtlich das in meinem Buch abgebildete Porträt. Am 5. Mai war er von Joachim Patinir zu seiner Hochzeit eingeladen worden, und Ende desselben Monats erhielt er von Dürer eine Zeichnung mit vier Christophorusfiguren auf grauem Papier.

Im Juni 1521 schenkte ihm Dürer zum Abschied noch ein Bild, das ein Schüler von ihm gemalt hat, der Hans Baldung Grien hieß.

Das war alles, und doch durchfuhr es mich wie ein elektrischer Schlag, als ich las, dass Patinir von Albrecht Dürer eine Zeichnung mit vier Christophorusfiguren erhielt. Hatten sie etwas mit dem Bild zu tun, das mich so sehr beschäftigte?

Ein paar Tage später erhielt meine Mutter Besuch von einer Freundin. Als ich von der Schule heimkam, hörte ich sie in der Küche reden und lachen. Diese Freundin arbeitete in einem Wetteramt. Ich mochte sie gern, denn sie konnte spannend erzählen, zum Beispiel wie ein Hurrikan entsteht, und wie man versucht zu berechnen, in welche Richtung er zieht. Außerdem hatte sie mir einmal erklärt, wie sich Hoch- und Tiefdruckgebiete verhalten, wann man Regen erwarten kann und wann gutes Wetter.

Deshalb öffnete ich kurz die Küchentür und sagte: »Guten Tag.«

»Hallo, Peter, wie geht's? Was macht die Schule?«, fragte sie freundlich.

»Das darfst du ihn nicht fragen«, antwortete meine Mutter an meiner Stelle. »Denn das weiß er sicher selbst nicht genau. Frage ihn lieber nach dem Bild, das er immerzu anstarrt, wenn er in seinem Zimmer ist.«

Noch heute steigt mir das Blut in den Kopf, wenn ich mich daran erinnere, was meine Mutter damit zugab: Sie spionierte mir nach. Vielleicht hatte ich einmal vergessen, die Türe zu schließen? Oder beobachtete sie mich durch das Schlüsselloch? Schon öfter hatte sie sich darüber beschwert, dass ich ihr so wenig von dem erzählte, womit ich mich außerhalb der Schule beschäftigte. Ich weiß auch nicht, warum das so gekommen ist. Irgendwie verstärkte sich bei mir schon seit einiger Zeit der Eindruck, dass wir trotz der räumlichen Nähe zwei getrennte Leben lebten, dass unsere Interessen auseinandergingen und das Verständnis füreinander abnahm. Ich schlug also die Tür zur Küche ziemlich lautstark zu und zog mich empört in mein Zimmer zurück.

Doch im Verlaufe des Abends überlegte ich mir, dass es aufschlussreich sein könnte, das Christophorusbild einer Meteorologin zu zeigen. Und weil ich wusste, dass diese Freundin einige Tage bei uns bleiben wollte, wartete ich, bis ich sie einmal allein antraf.

»Könntest du auf einem Bild aus dem 16. Jahrhundert das Wetter bestimmen?«, fragte ich sie, als wir beide in der Küche beim Kaffeetrinken saßen.

»Warum nicht?«

Da holte ich das Buch.

Sie betrachtete das Bild ziemlich lange, bevor sie zu reden begann. »Was willst du wissen?«, fragte sie.

»Alles«, sagte ich. »Zum Beispiel, was bedeuten die Wolken und warum bläst in der Mitte des Bildes der Wind, während es vorn und hinten ruhig ist?«

»Es wäre leichter, wenn ich die Himmelsrichtung kennen würde.«

Ich überlegte. »Vielleicht hilft es dir, wenn du weißt, dass der Maler dieses Bild in Antwerpen gemalt hat. Könnte dann die Blickrichtung des Betrachters nicht Westen oder Nordwesten sein?«

»Das ist gut. Das hilft mir weiter«, sagte sie und fuhr nach kurzem Nachdenken fort: »Dann ist die Wetterlage verhältnismäßig leicht zu bestimmen. Es handelt sich, wie wir Meteorologen sagen, um sogenanntes Rückseitenwetter, das heißt, dass gerade eine Regenfront durchgezogen ist. Im Augenblick sind noch Reste von hohen Wolken vorhanden. Vielleicht könnte es auch noch etwas regnen, aber im Großen und Ganzen wird das Wetter schöner. Möglicherweise kommt schon bald die Sonne heraus. Diese Wetterlage findet man oft im Frühling.«

»Du glaubst also, dass der Maler eine Landschaft im Frühling gemalt hat?«

»Dafür spricht viel, unter anderem die blühende Schwertlilie am linken Ufer des Flusses. Doch ein paar Dinge sprechen auch dagegen.«

»Zum Beispiel?«,

»Die Bäume. Einige haben bereits ihre Blätter abgeworfen, aber es könnte genauso gut auch Spätwinter sein. Dann wäre die Helligkeit auf den Bergen im Hintergrund der letzte Schnee, wogegen es auf der Landzunge Sommer sein könnte.«

»Und die Gezeiten?«

»Vermutlich Flut, auflaufendes Wasser.«

»Aber du hast mir noch immer nicht erklärt, warum sich in der Mitte des Bildes die Bäume im Wind biegen, während es vorne ruhig zu sein scheint.«

»Das könnte ein Zeitproblem sein.«

»Ein Zeitproblem?« Ich verstand nicht, was sie damit meinte.

»Stell dir nur vor, du wärst einer der beiden Wanderer, die auf dem Weg daherkommen. Dann kann es doch sein, dass es windstill war, als sie in der Stadt losmarschierten, einige Stunden später kam etwas Wind auf, der sich aber bald wieder legte.« Sie sah mich neugierig an. »Aber warum interessiert dich das alles?«

Spätestens zu diesem Zeitpunkt beschloss ich, mir eine dauerhafte und unwiderlegbare Ausrede einfallen zu lassen. »Ach nur so«, erklärte ich ihr. »Ich beschäftige mich gerade mit der Malerei des frühen 16. Jahrhunderts, weil ich später einmal Kunstgeschichte studieren möchte.«

Damit gab sie sich zufrieden.

Nach dieser Unterhaltung dachte ich lange nach. Wäre es möglich, dass der Maler mit der Landschaft nicht nur die Welt, so wie er sie sah, darstellen wollte, nicht nur den Raum, sondern auch die Zeit? Wenn er, und war es auch nur andeutungsweise, in einem Bild die vier Jahreszeiten wiedergegeben hat, könnten dann nicht der alte Mönch, der Heilige und das Jesuskind die drei Lebensalter symbolisieren? Und wäre die Leiche dann vielleicht das Sinnbild des Todes?

Dafür sprachen auch die schwarzen Vögel, die über der Szene kreisten, und ebenso die Theorie über den Wind, die ein Beweis dafür sein könnte, dass der Maler zeitlich hintereinanderliegende Geschehnisse in einem Augenblick dargestellt hatte.

7

Wenn man davon ausging, dass sich die Mündung des Flusses nach Westen öffnete, dann kam der Wind aus südlicher bis südwestlicher Richtung und blähte die Segel der Schiffe. Die Fischerboote hatten nur einen Mast. Einige lagen in der kleinen Inselbucht, andere waren in dem Hafen vertäut, der zu der Stadt in der Ferne gehörte. Dort hatten auch mehrere Handelsschiffe festgemacht, von denen eines eine Galeere war. Eine zweite Galeere trieb mit gerefften Segeln in der Mitte des Hafenbeckens. Die aus den Luken ragenden Ruder waren deutlich zu erkennen. Alles fiel mir ein, was ich schon über Galeeren gelesen hatte. Es waren die Berichte über aneinandergekettete Sträflinge, die von ihren Aufsehern mit Peitschenschlägen zur Arbeit angetrieben wurden. Angeblich sind viele von ihnen nach jahrelangem Leiden auf ihren Ruderbänken gestorben.

Eine der merkwürdigsten und unerklärlichsten Szenen spielte sich jedoch vor der Hafeneinfahrt ab. Zwei Handelsschiffe rammten einander. Ich konnte nicht genau erkennen, ob sie sich bekämpften oder ob es ein Unfall war. War es ein zufälliges Aneinandergeraten, ein von einem unverhofften Windstoß verursachter Zusammenstoß oder vielleicht das schreckliche Ende einer Wettfahrt?

Lange grübelte ich über den Grund des Zwistes und vergaß beinahe, dass ebenso gut der Fehler eines Steuermanns Anlass für diesen Zusammenstoß gewesen sein konnte.

Nichts, was nicht mit meinem Bild zusammenhing, interessierte mich mehr. Dem Unterricht folgte ich nur noch mit halbem Ohr. Auf der Straße rannte ich an Leuten vorbei, die erwarteten, von mir gegrüßt zu werden, und wenn mich jemand ansprach, tauchte ich in die Wirklichkeit auf wie ein

Taucher vom Grund eines Sees an die Wasseroberfläche. Es waren kaum zwei Wochen vergangen, seit ich das Buch erstanden hatte, doch inzwischen war mein Wunsch, das Geheimnis um den toten Mann zu klären, so übermächtig geworden, dass mir alles andere unwichtig wurde.

Abends lag ich oft lange wach, und wenn ich dann endlich einschlief, verfolgten mich die offenen Fragen sogar noch bis in meine Träume.

So träumte ich eines Nachts, dass ich in dem Park unserer Stadt spazieren ging. Der schmale, sandige Pfad wand sich in weiten Bögen durch die künstliche Landschaft. An seinem Ende lag ein kleiner Teich, dessen Ufer von gelben Schwertlilien gesäumt wurde. Abgesehen von einem weißen Reiher und ein paar Enten schien der Park leer zu sein.

Kurze Zeit später durchquerte der Weg eine weite, gemähte Rasenfläche. Ich folgte ihm, ohne mich über irgendetwas zu wundern, und war auch nicht erstaunt, als plötzlich Schiffsmasten hinter den Büschen auftauchten. Sie gehörten zu einem Segler, der unter den hohen Bäumen, über den Rasen, vorbei an Blumenrabatten und plätschernden Brunnen durch den Park segelte, ohne dass ich auch nur einen Windhauch zu spüren vermochte. Mit bauchig geblähten Segeln schwebte er an mir vorbei und verschwand schließlich hinter einem kleinen Wäldchen. Es war eines der Handelsschiffe aus dem Christophorusbild. Ich erkannte es gleich. Es bestand kein Zweifel.

Sicher träumte ich noch oft davon, doch genau weiß ich das nicht, denn nachdem ich aufgewacht war, konnte ich mich an nichts mehr erinnern.

8

Als Nächstes suchte ich nach Büchern, die mir Auskunft über die Schiffstypen geben konnten. Da sich eine ganze Menge von Leuten für alte Schiffe zu interessieren scheinen, hatte die Bücherei einige recht gute in ihren Regalen. Doch ich erfuhr nur, dass die in dem Bild dargestellten Galeeren typische Handelsgaleeren des beginnenden 16. Jahrhunderts waren, die mit Vorliebe von venezianischen Kaufleuten benutzt wurden. Die beiden vor der Hafeneinfahrt aneinandergeratenen Handelsschiffe hießen Karacken. Es waren Dreimastschiffe mit einem Lateiner- und zwei Rahsegeln sowie hohen Aufbauten an Bug und Heck.

In einem der Bücher wurde erwähnt, dass zur damaligen Zeit die bedeutenden Hafenstädte wie Genua, Venedig und Antwerpen zugleich auch große Kunstzentren gewesen waren, da nicht nur die Könige, sondern auch viele reiche Kaufleute einen Teil ihres Geldes für Kunstwerke ausgaben. Bis dahin waren neben den Königen nur der Adel, die Kirchen und viele Klöster Auftraggeber der Künstler gewesen. Doch der durch den Handel mit der Neuen Welt ständig zunehmende Reichtum der großen Kaufmannshäuser brachte den Malern viele Porträtaufträge ein und natürlich Aufträge für Stifteraltäre, mit denen man nicht nur ein gutes Werk tun wollte, sondern oft auch ein schlechtes Gewissen zu beruhigen versuchte.

Als ich die Bücher in ihr Regal zurückstellte, fiel mein Blick auf ein anderes Buch, dessen Titel meine Neugier erregte. Es hieß »Lexikon des Geheimwissens«und enthielt Erklärungen zu Begriffen und Symbolen, die mit Magie, Okkultismus und Parapsychologie zu tun hatten. Ich lieh es mir aus und nahm es mit heim. Schon lange hatte ich mir nämlich Gedanken darüber gemacht, ob einige andere auf dem Bild dargestellten

Dinge nur zufällig dorthin gemalt worden waren oder ob sie symbolischen Charakter hatten. Da waren zum Beispiel die auf den Uferfelsen spielenden Salamander oder die blühende Schwertlilie, die ich auch auf einigen anderen Bildern Joachim Patinirs entdeckt hatte. Ich las in diesem Buch, dass in mittelalterlichen Darstellungen der Salamander nicht nur ein Sinnbild der Flamme war, sondern auch der im Fegefeuer sich verjüngenden Seele gegolten hatte. Er sollte die Menschen an die Notwendigkeit des Sterbens erinnern, weil nichts Neues sein kann, ohne dass Altes vergeht.

Passte das nicht in ein Gemälde, in dem in einigen Szenen verschiedene Möglichkeiten, zu Tode zu kommen, aufgezeigt werden? War es der tröstliche Hinweis des Künstlers, dass am Tag des Jüngsten Gerichtes die Seelen der Toten in den Flammen des Fegefeuers geläutert würden? Das bestärkte mich in der Ansicht, dass den Salamandern eine Bedeutung zugemessen werden musste, die zwar nicht unmittelbar mit einer Ermordung, jedoch viel mit der Seele des Ermordeten zu tun haben konnte. Wenn aber der Salamander das Sinnbild für eine Flamme war, dann wies das doch deutlich auf den heiligen Christophorus hin, der von den Gläubigen ja auch als ein Beschützer vor Feuersbrünsten verehrt wurde.

Die Entdeckung, dass die Salamander symbolische Bedeutung hatten, weckte in mir den Wunsch, mehr über die Schwertlilie zu erfahren, denn schließlich waren Schwertlilie und Salamander an so herausragenden Stellen in dem Bild wiedergegeben, dass ich vermutete, sie wären dem Maler sehr wichtig gewesen.

»Iris psendacorus«, las ich in einem Pflanzenbestimmungsbuch, »wächst im Röhricht stehender und fließender Gewässer, vereinzelt auch in Riedgrasbeständen, liebt gelegentliche Überschwemmung des Bodens. Giftig.«

Das wunderte mich nicht, denn so trug auch diese Blume den Tod in sich wie so vieles andere auf dem Gemälde.

Immer wieder sah ich mir jede Abbildung genau an. Von den meisten Bildern gab es vergrößerte Ausschnitte, damit der Betrachter erkennen konnte, mit wie viel Sorgfalt der Künstler die Hintergründe gemalt hatte.

Nach einiger Zeit überkam mich der Wunsch, in diesen Bildern umherlaufen zu können, mit einem Fischerboot auf einem der Flüsse dem Meer zuzusegeln, in den Felsen umherzuklettern, den Bauern bei der Ernte zu helfen oder einfach nur auf den in die Ferne führenden Wegen dem Horizont entgegenzuwandern.

Dieser Wunsch wuchs und wurde bald übermächtig, und von ihm bis zu dem Gedanken, zu versuchen, ob es mir nicht gelänge, in das Gemälde hineinzukommen, war es nicht weit.

9

Der Entschluss, zu versuchen, einen Weg zu finden, der mich in das Bild hineinführen würde, war die logische Folge der bisher angestellten Überlegungen. Je länger ich darüber nachdachte, umso klarer wurde mir, dass dies wahrscheinlich die einzige Möglichkeit sein würde, dem Geheimnis um den Toten am Fluss auf die Spur zu kommen.

Lange dachte ich über mein weiteres Vorgehen nach. Soweit es mir möglich war, hatte ich mich über den Maler Patinir informiert und über die Zeit, in der das Bild entstanden war. Schon vorher hatte ich mit großer Begeisterung Berichte über die Reisen von Christoph Columbus, Vasco da Gama, Ferdinand Magellan und anderen gelesen. Doch nun besorgte ich mir noch Bücher über Martin Luther, Erasmus von Rotterdam, den Engländer Thomas Morus und natürlich Karl V. Seit der Kaiserwahl 1519 hatte Karl mit dem König von Frankreich, dem einzigen Gegenkandidaten, ziemlichen Ärger. Es war nämlich bekanntgeworden, dass die Beauftragten Karls den Kurfürsten und ihren Räten für fast eine halbe Million Goldgulden Geschenke überbracht hatten, worauf dieser am 28. Juni einstimmig zum Kaiser gewählt worden war. Der größte Teil dieser gewaltigen Summe war ihm vom Handelshaus Fugger vorgestreckt worden, das sich dafür Silber- und Kupferschürfrechte in der neuen Welt übertragen ließ. Am 23. Oktober 1520 wurde Karl dann im Dom zu Aachen zum Kaiser gekrönt. Über die Umstände dieser Wahl empörte sich Franz I. von Frankreich sehr, und daher gab es ständig Scharmützel an den Grenzen.

Karl V. muss, den vielen Bildnissen nach, die von ihm gemalt worden waren, ein außerordentlich hässlicher Mann gewesen sein. Da, wie er selbst gesagt haben soll, »sein Reich so groß war, dass darin nie die Sonne unterging«, und er den umfangreichen Regierungsgeschäften nur schlecht nachkommen konnte, hatte er seine Tante, die Erzherzogin Margarete von Österreich, als Generalstatthalterin der Niederlande eingesetzt. In seine Regierungszeit fielen nicht nur die Eroberungen Mexikos und Perus sowie die Entdeckung des Seewegs nach Indien und die erste Umsegelung der Welt, sondern auch die Spaltung der Kirche.

Ich hatte mich früher nie sehr für Geschichte interessiert, doch jetzt ging mir auf, dass der Beginn des 16. Jahrhunderts eine Zeit des Umbruchs gewesen war, in der für viele Menschen eine Welt zusammenstürzte und neue Einsichten in das Bewusstsein drangen. Je mehr ich mich damit beschäftigte, umso mehr lebte ich mich in diese Gedankenwelt hinein. Heute bin ich der Ansicht, dass dies schon der erste Schritt auf dem Weg in das Bild gewesen ist.

Es war außerordentlich wichtig für mich, zu erfahren, in welchem Jahr Joachim Patinir sein Bild gemalt hatte. Wenn man davon ausging, dass eine der gezeichneten Christophorusfiguren, die Albrecht Dürer im Mai 1521 Meister Joachim schenkte, dem Maler als Vorlage gedient hatte, konnte es erst nach diesem Zeitpunkt begonnen worden sein. Die Arbeit daran wird eine gute Weile gedauert haben, vielleicht ein halbes Jahr oder auch länger.

Aus dem allen zog ich den Schluss, dass es frühestens gegen Ende 1521, möglicherweise aber auch erst am Anfang des darauffolgenden Jahres vollendet worden war. Ich wollte unbedingt wissen, wann das genau gewesen war, und bildete mir ein, dass der Versuch sonst scheitern würde. Wenn Joachim Patinir die Arbeit an diesem Bild erst im April oder Mai 1522 beendet hatte, würde es doch zwecklos sein, wenn ich schon im Februar versuchte, einen Weg hinein zu finden.

Aber ich wollte auch nicht allzu lange danach dort sein, weil ich befürchtete, dass sich sonst niemand mehr an den merkwürdigen Toten erinnern könnte.

Im Vordergrund des Gemäldes blühte eine gelbe Schwertlilie. Der Monat dieser Blume ist der Mai. Auch die Freundin meiner Mutter war der Ansicht gewesen, dass die Wettersituation mehr auf den Frühling hinwies als auf irgendeine andere Jahreszeit. Doch ich fand keinen Anhaltspunkt für ein genaueres Datum.

Wenn ich dem Geheimnis um den Toten am Fluss auf die Spur kommen wollte, dann musste ich mich nämlich nicht nur in das Jahr 1522 zurückversetzen, sondern auch versuchen, auf einen Tag zu warten, der jenem ähnlich war, den Patinir dargestellt hatte.

So war ich festgelegt. Nur die Zeit war wichtig, denn den Ort des Geschehens hatte der Maler mit großer Genauigkeit dargestellt. Ihn hatte ich mit dem Bild vor Augen.

In jenen Jahren lebte Joachim Patinir in Antwerpen. Ich überlegte, dass die Stadt in der Ferne auf dem Christophorusbild Antwerpen sein konnte, denn sie lag wie diese an einem Fluss, der in ein Meer mündete. Ob sie es wirklich war, wusste ich nicht, denn ich war noch nie dort gewesen.

Weiter ging ich davon aus, dass ein Maler eine Landschaft entsprechend seiner Umgebung gestaltet. Sie muss kein genaues Abbild dieser Umgebung sein, aber sie wird ihr ziemlich häufig entsprechen. Meinem Atlas nach gab es aber bei Antwerpen weder Berge noch Felsen.

Bei diesen Überlegungen war mir die Erfahrung mit meiner eigenen Malerei von großem Nutzen. Ich hatte nämlich schon öfters, und nicht ohne mich darüber zu amüsieren, festgestellt, dass die Menschen, die jemand malt, immer ein wenig ihm selbst gleichen, die Häuser den Häusern seiner

Stadt oder seines Dorfes und die Landschaft der Landschaft, die ihn geprägt hat, zum Beispiel derjenigen, in der er aufwuchs. Das erklärt auch, warum in den Bildern jener Zeit häufig südliche Landschaften dargestellt wurden. Es waren die Bilder jener Künstler, die es sich hatten leisten können, nach Italien zu reisen, um dort die großen Meister zu studieren, und die nach der Rückkehr ihre Eindrücke in ihren Gemälden festhielten.

Joachim Patinir war in einer kleinen Stadt an der Maas geboren worden und hatte vermutlich auch die ersten Jahre seiner Kindheit dort verbracht. Die Landschaft um seinen Geburtsort bestand aus Hügeln und markanten Felsen. Lag es da nicht ziemlich nahe, dass er ihr in seinen Bildern ein Denkmal zu setzen versuchte?

10

Es war ein riesiger Glücksfall für mich, als mein Vater mich einlud, an Ostern mit ihm nach Spanien zu fahren. Ich sagte sofort zu, nicht nur weil ich hoffte, ihn dazu überreden zu können, mit mir einen Umweg über Madrid zu machen, sondern auch weil ich froh war, den Vorwürfen meiner Mutter zu entrinnen, die sich einfach nicht daran gewöhnen konnte, dass ich lieber in meinem Zimmer hockte als Fußball zu spielen oder in Cafés herumzusitzen.

Wir nahmen den Wohnwagen mit und übernachteten auf Campingplätzen. Eigentlich wollte mein Vater die Küste entlang nach Süden fahren, doch ich erfand einen Vorwand, mit dem ich ihn dazu brachte, eine über Madrid führende Straße auszusuchen.

In den ersten Tagen fuhren wir schnell und hielten nur selten an. In den Pyrenäen lag immer noch Schnee, doch südlich von ihnen war es schon ziemlich warm.

Ich fahre gern mit dem Wohnwagen. Man kann jederzeit rasten, wenn man müde ist oder wenn einem die Landschaft besonders gefällt.

In Madrid besichtigten wir natürlich alles, was sich Touristen ansehen müssen. Wir kauften uns Eis auf der Plaza Mayor und stellten uns vor, dass hier früher die von der Inquisition verhängten Urteile vollstreckt wurden. Wir betrachteten das Stadion des Fußballklubs Real Madrid und die Stierkampfarena von außen. Wir aßen Moluscos, Gambas und Paella und besuchten den Prado, eines der berühmtesten Museen der Welt.

Ich wusste durch mein Buch, dass dort nicht nur vier Bilder von Joachim Patinir hingen, sondern noch einige von Hieronymus Bosch und anderen bedeutenden niederländischen Malern.

Die Bilder Boschs kannte ich von Abbildungen, doch als ich vor ihnen stand, erschrak ich sehr. Sie waren so rätselhaft und erschienen mir wie in einer mir unverständlichen Schrift geschrieben.

Während ich so durch die Säle ging, vergaß ich, dass mich mein Vater begleitete und dass noch andere Besucher mit mir die gleichen Gemälde ansahen, und ich spürte die Magie, die von den einzelnen Bildern ausging. Es war wie ein Sog, der es mir schwer machte, nur ein unbeteiligter Betrachter zu sein. Manchmal kam es mir so vor, als stünde ich vor einem Fenster, blickte auf eine Landschaft und beobachtete alles, was sich darin bewegt. Auf einmal war der Himmel wirklich ein Himmel und nicht nur Farbe auf einer hölzernen Tafel, und ich fühlte den Wind, der die Gewänder zum Flattern brachte und sich in den Segeln der großen Schiffe verfing, roch den Duft der Blumen und hörte in der Ferne das Geschrei eines Esels.

Doch mein Vater riss mich schon bald aus meinen Träumen. »Komm weiter, Peter!«, drängte er.

»Fahren wir noch zum Escorial?«

Er war damit einverstanden. Wenn wir zusammen sind, geht er fast immer auf meine Wünsche ein. Mein Vater und ich verstehen uns eigentlich recht gut, aber vielleicht wäre das anders, wenn wir ständig beisammen wären.

Das königliche Kloster El Escorial liegt auf einer Anhöhe fünfzig Kilometer westlich der Hauptstadt Madrid.

Mein Vater und ich schlossen uns einer Führung an. Dabei erfuhren wir, dass dieses Kloster von Philipp II. erbaut worden war und dass nicht nur er und sein Vater Karl V., sondern auch viele andere habsburgische Könige dort begraben liegen. Philipp II. war ein großer Kunstliebhaber gewesen. Er hatte seine Beauftragten bis in die Niederlande geschickt, um dort Gemälde zu kaufen. So waren die Bilder von Breughel, Bosch, Memling, Patinir und anderen nach Spanien gekommen. Wir bewunderten die kostbaren Tapisserien, die Wandmalereien und die Privatgemächer des Königs, betrachteten die Bronzestatuen der Königsfamilie in der Klosterkirche, liefen durch alle Innenhöfe und besichtigten auch die alten Gemälde, die man in einer gesonderten Abteilung zusammengehängt hatte. Und dort fand ich dann das Christophorusbild. Zu meiner großen Enttäuschung hing es in einer dunklen Ecke und außerdem ziemlich hoch. Der Führer erklärte uns, dass der Reichsapfel, den das Jesuskind in den Händen hielt, ein Sinnbild der Erdkugel und somit der Macht sei.

Das Fährboot brachte Ziegel für eine Mauer, die hinter der Hütte des Eremiten errichtet wurde, und neben der Schwertlilie blühten einige Büschel Erdbeeren.

Wie schon bei einigen Bildern im Pradomuseum, so erschien mir auch hier das Bild wie ein Fenster, durch das man in eine Welt blickte, in der sich viel Böses abspielte. Ich kann mich noch gut daran erinnern, wie mir damals der Gedanke kam, dass dieses Gemälde eigentlich eine Darstellung des Unglaubens war. Galt nicht der heilige Christophorus als der Beschützer vor plötzlichem und gewaltsamem Tod und vor schrecklichen Feuersbrünsten? Und waren nicht nur ein brennendes Haus, sondern auch verschiedene Möglichkeiten zu Tode zu kommen auf dem Bild wiedergegeben? Das bedeutete doch, dass er nicht in der Lage gewesen war, die gefährdeten Personen zu behüten und die Gefahr von ihnen abzuwenden.

Ich hätte mir das Bild gerne länger angesehen, doch mein Vater wurde ungeduldig, und es lag mir nichts daran, ihn zu verärgern. Wir tranken jeder noch einen *café solo* in der Cafeteria, und ich kaufte mir ein Diapositiv des Bildes in dem Museumsladen.

Die weitere Spanienreise war uninteressant. Wir fuhren noch nach Toledo und an die Küste und dann wieder heim. Ich bin nicht sicher, ob mein Vater sie als einen Erfolg betrachtete, doch ich trug einen kostbaren Schatz mit nach Hause.

Es war das Dia, das mir vielleicht helfen konnte, in das Gemälde zu gelangen.

11

Ostern fiel in diesem Jahr auf Mitte April. Wenn ich im Mai meinen Versuch starten wollte, blieb mir nicht mehr viel Zeit.

Ich lieh mir von einem Mitschüler einen Projektor und eine Leinwand. So konnte ich das Bild in Originalgröße betrachten und, wenn ich wollte, sogar noch größer.

Abend für Abend, oft halbe Nächte lang, saß ich davor und starrte es an. Ich richtete die Größe so ein, dass der Heilige ein Mann von zwei Metern war. Doch leider war dazu die Leinwand zu klein. Da hängte ich ein paar Bilder ab, schob mein Bücherregal zur Seite und auf einmal war die weiß gekalkte Mauer gegenüber von meinem Bett völlig ausgefüllt von Patinirs Kunstwerk.

Doch so lange und intensiv ich auch davor saß, es blieb, was es war: die Illusion eines Bildes, hervorgerufen durch Licht, das über ein kleines Dia auf eine Wand projiziert wurde.

Danach suchte ich Rat in den Büchern von Carlos Castaneda, der bei einem indianischen Zauberer in die Lehre gegangen war, weil er wissen wollte, wie man lernt, sich in eine andere Existenz zu verwandeln und Dinge wahrzunehmen, für die unser normales Wahrnehmungsvermögen nicht ausreicht. Doch obwohl mir das, was er schrieb, einleuchtete, fand ich nur wenig, was mir von Nutzen sein konnte. Zu Beginn seiner Lehre bei Don Juan, dem Medizinmann, versuchte Castaneda einen Weg einzuschlagen, der ihm eine Erweiterung seines Wissens durch Drogen versprach. Doch er erkannte schon bald, dass er auf Drogen als Hilfsmittel verzichten konnte. Schließlich erreichte er eine Erweiterung seines Wahrnehmungsvermögens unter anderem dadurch, dass er tagelang durch die Wüste marschierte, bis er völlig erschöpft zusammenbrach. Während dieses Erschöpfungszustandes sah er vieles anders, in mancher Beziehung unwirklich, und erlebte unerklärliche Ereignisse, die er zuerst für Wunder hielt und die sich doch in seinem Inneren abspielten.

In den nächsten Tagen staunte meine Mutter über meinen so plötzlich erwachten sportlichen Ehrgeiz. Ich joggte Stunde um Stunde durch den Park in der Nähe unserer Wohnung, kam völlig erschöpft und außer Atem heim, um mich gleich in meinem Zimmer einzuschließen.

»Übertreib bloß nicht!«, ermahnte sie mich beunruhigt.

Doch so erschöpft ich auch war: Das an die Wand projizierte Gemälde blieb immer gleich und verlöschte, sobald ich den Stecker des Projektors aus der Steckdose zog. Ich vermutete, dass meine Erschöpfung für eine erweiterte Wahrnehmung nicht ausreichte, und steigerte mein sportliches Programm. Ohne meiner Mutter etwas davon zu sagen, begann ich von da an, nachts meine Runden zu laufen, und ich erkannte schnell, dass sich im Dunkeln meine Wahrnehmungen veränderten und ich vieles anders empfand als am Tag.

Außer dem Keuchen meines Atems und dem Knirschen des Kieses unter meinen Füßen drangen nur wenige Geräusche an mein Ohr. Ab und zu fuhr ein Auto an der Parkmauer entlang, oder ein paar Straßenzüge weiter heulte eine Polizeisirene.

Manchmal, wenn ich stehen blieb, fühlte ich mich einsam, doch ich spürte auch, wie sich meine Sinne so schärften, dass ich das Piepsen eines träumenden Vogels vernahm, den Geruch der feuchten Erde roch und mir die Berührung eines Zweiges wie ein Streicheln vorkam. Auch schienen meine Augen schärfer zu werden. Wie wichtig diese Erfahrungen für mein Vorhaben waren, merkte ich aber erst später.

Müde und verschwitzt kehrte ich lange nach Mitternacht heim und schlich in mein Zimmer, weil ich Angst hatte, meine Mutter zu wecken. Ich schaltete den Projektor ein, warf mich mit zitternden Beinen aufs Bett und versuchte, mich auf das Bild zu konzentrieren. Doch die Wellen am Ufer des Flusses bewegten sich immer noch nicht. Der Riese machte keinen Schritt vorwärts, und die kleine Birke in der Mitte des Bildes verharrte weiter in einem Wind, der vielleicht irgendwann, vor vielen hundert Jahren, über eine niederländische Landschaft geweht hatte.

Es wurde mir klar, dass ich versuchen musste, mich so stark zu konzentrieren, bis sich meine Umgebung in Nichts auflöste. Das würde mich in das Bild zwingen, einfach deshalb, weil es dann keinen anderen Ausweg mehr gab. Meine Konzentration musste wie Licht sein, das durch ein Brennglas fällt und in einem einzigen kleinen Punkt alle Kraft sammelt, bis es ein darunterliegendes Papier zum Brennen bringt.

Alle fünf Sinne mussten sich auf diesen Punkt zubewegen. Wenn ich erreichte, sie alle in einem Bündel zu vereinigen, ergäbe das vielleicht einen Kraftstrahl, der mir helfen würde, mein Ziel zu erreichen.

Am einfachsten war es mit dem Gesichtssinn. Er hatte das Bild. Blieben noch das Gehör, der Geschmack, der Geruch und der Tastsinn. Die letzten drei würden leicht zu befriedigen sein. Sie ergaben sich aus dem Gemälde. In der Nähe der Küste trägt der Wind den Geruch des Meeres oft weit bis ins Landesinnere. Was lag da näher, als aus dem Weiher im Park eine Schüssel voll Algen zu holen und mit Hilfe eines Ventilators meinen Sinnen einen Seewind vorzutäuschen, der den Geruch von Tang und Modder über dem Land verteilt. Und wenn ich mir dann ein Salzkorn in den Mund steckte, würde ich es nicht nur mit der Zunge ertasten können, sondern auch noch das Gleiche schmecken, das ich schmecken würde, wenn mich ein Tropfen Meerwasser träfe.

Nur die Geräusche machten mir Schwierigkeiten. Wo sollte ich das Schreien der Möwen hernehmen? Woher das Rauschen der Brandung? Das leise Sausen des Ventilators war zu mechanisch.

Ich hatte mich vor einiger Zeit mit Yoga beschäftigt, und nachdem ich einsehen musste, dass mich die körperliche Anstrengung nicht weiterbrachte, begann ich das, was ich über Yoga wusste, wieder aufzufrischen. So verbrachte ich Stunde um Stunde im Lotossitz auf meinem Bett und betrachtete das Bild.

Einmal kam meine Mutter ins Zimmer, weil ich vergessen hatte, abzuschließen.

»Was ist mit dir los?«, fragte sie mich bestürzt. »Vor ein paar Tagen bist du noch wie ein Verrückter draußen herumgerannt, und jetzt verlässt du kaum noch dein Zimmer?«

Sie hatte es schwer mit mir. Ich wusste es und konnte es doch nicht ändern. Stimmungsschwankungen unterworfen zu sein, ist schlimm. Manchmal kann es zur Qual werden. Da wacht man morgens froh auf, voll Hoffnung und Mut, und geht dann abends niedergeschlagen zu Bett, bedrückt von der Dunkelheit und unerfreulichen Lebensaussichten. Nie habe ich dieses Auf und Ab quälender empfunden als in jenen Wochen, in denen ich versuchte, einen Todesfall aufzuklären, den ein Maler des frühen 16. Jahrhunderts auf einem Heiligenbild wiedergegeben hatte.

Einmal glaubte ich, meinem Ziel ganz nahe zu sein, und gleich darauf war ich von ihm weiter entfernt als zuvor.

Und doch verstärkte sich zunehmend meine Überzeugung, dass der Weg der Konzentration und der Hinführung über die Sinne der richtige war.

12

Eines Tages kam mir der Zufall zu Hilfe. Meine Mutter und ich saßen in der Küche beim Abendessen, als auf einmal im Radio das Klarinettenkonzert von Mozart gespielt wurde. Es war ein Konzert, das ich besonders gernhatte und von dem ich eine Schallplatte besaß. Es erinnerte mich daran, dass ich einmal zusammen mit einem Mädchen, in das ich glaubte verliebt zu sein, einen Film über Benny Goodman gesehen hatte. In diesem Film wurde gezeigt, wie Benny Goodman jenes Konzert spielte, um den Eltern seiner Braut zu imponieren. Er wollte ihnen damit vorführen, dass mehr in ihm steckte als nur ein einfacher Bandleader. Und ich erinnerte mich auf einmal genau an die Situation, fühlte das Mädchen neben mir, während mir der Pfefferminzgeruch ihres Kaugummis in die Nase stieg, die Dunkelheit Kinosaals uns einhüllte, während die hellen, laufenden Bilder über die Leinwand huschten.

Das, was ich damals empfunden hatte, muss wohl so etwas wie Glück gewesen sein. Ich sah die Szene vor meinem inneren Auge, so, als würde ich sie gerade erleben, spürte, wie sich das Glück wie eine warme Welle in meinem Körper ausbreitete, und saß doch stumm meiner Mutter am Tisch gegenüber, während aus dem Radio das Adagio erklang.

Später, in meinem Zimmer, kam mir ein Gedanke: Wenn eine Melodie in der Lage war, dem Hörer einen lange zurückliegenden Vorgang so wirklichkeitsnah ins Gedächtnis zu rufen, als ob er ihn gerade noch einmal erlebte, könnte es dann nicht möglich sein, ihn ebenso auch mithilfe von Musik in eine Zeit zurückzuversetzen, in die er zurückversetzt werden wollte? Alles würde dann nur von der Intensität abhängen, mit der er das tat.

13

Es musste Musik aus der Zeit sein, das war mir gleich klar. Und weil ich darüber nichts wusste, fragte ich unseren Musiklehrer nach Musik aus der Renaissancezeit. Herr Winterstein freute sich über mein Interesse. »Wenn du Lust hast, kannst du mich gern einmal besuchen. Dann spiele ich dir ein paar Schallplatten vor.«

Das war ein verlockendes Angebot. Um seine Erwartungshaltung etwas zu dämpfen, erklärte ich ihm, dass ich mich für ziemlich unmusikalisch halten würde, mir trotzdem ein Leben ohne Musik nicht vorstellen könnte. Das freute ihn. Er lud mich ein, ihn noch am gleichen Tag zu Hause zu besuchen.

Zu Herrn Wintersteins hervorstechendsten Eigenschaften gehörte es, dass ihn die Begeisterung für sein Fach für alles entschädigte, was das Leben ihm vorenthalten hatte. So grau und unscheinbar wie er selbst war auch seine Wohnung. Dreiviertel des Wohnzimmers wurde durch einen Konzertflügel ausgefüllt, auf dem ein Metronom stand. An den Wänden hingen Musikerbilder, und überall lagen Noten herum. Er musste zuerst zwei Stühle freiräumen, bevor wir uns hinsetzen konnten.

»Also, wenn ich dich recht verstanden habe, dann willst du vor allem Musik aus der Renaissancezeit hören?« Und als ich nickte, suchte er einige Langspielplatten heraus und legte sie auf. Wir hörten Musik von Palestrina und von Orlando di Lasso, von Heinrich Isaac und dann auch von Josquin Desprez, einem Niederländer.

»Desprez wurde 1440 geboren«, erklärte er mir. »Er soll ein Schüler des berühmten Okeghem gewesen sein. Seine Laufbahn begann er als Sänger in Mailand. Später begleitete er Kardinal Sforza nach Rom. Die letzten fünfzehn Jahre seines

Lebens verbrachte er in den Niederlanden, wo er 1521 starb. Er hatte großen Einfluss auf die Musik seiner Zeit.«

1521, das Schicksalsjahr. Das Jahr, in dem Albrecht Dürer Patinir die Christophoruszeichnungen schenkte, in dem Luther sich vergeblich vor dem Reichstag in Worms zu verteidigen versuchte, in dem Ferdinand Magellan im Kampf gegen Eingeborene fiel. Im selben Jahr musste Meister Joachim das Bild des heiligen Christophorus begonnen haben.

Inzwischen hatte Herr Winterstein die Schallplatte aufgelegt und den Startknopf betätigt.

Es kam mir so vor, als ginge die Musik durch mich hindurch. Schon nach wenigen Minuten hatte ich den Eindruck, dass sie eine beinahe hypnotische Wirkung auf mich ausübte. Sie absorbierte alles um mich herum, die graue Wohnung samt Konzertflügel und angeschlagener Beethovenbüste und sogar den grauen, kleinen Herrn Winterstein.

Es waren mehrstimmig gesungene Lieder ohne instrumentale Begleitung. Ein hoher Tenor führte drei oder vier tiefere Stimmen an. Je tiefer die Stimmen waren, umso entfernter schienen die Sänger zu stehen. Das gab der Musik den Anschein von Räumlichkeit. Ab und zu eilte der Vorsänger den anderen voraus und erzählte singend eine Geschichte, die der Chor dann wiederholte. Ein anderes Mal passten sich die begleitenden Stimmen dem Rhythmus der Grundmelodie an, umrankten sie mit rascheren Tonfolgen, übernahmen für kurze Zeit die Führung, um sich am Schluss in einem einzigen lang gezogenen Akkord mit ihr zu treffen und das Lied ausklingen zu lassen. Die weltlichen Lieder waren einfach und melodisch, von rhythmischer Heiterkeit. Sie wurden oft nur von vier oder fünf Sängern vorgetragen und handelten von Liebe, Trauer und Krieg.

Das war es, das war die Musik, die zu meinem Bild passte.

Wir hörten uns noch einige andere Platten an, doch bevor ich mich verabschiedete, bat ich Herrn Winterstein, noch einmal die Musik des Niederländers hören zu dürfen.

»Willst du sie mitnehmen?«, fragte er mich. »Wenn du einen Kassettenrekorder hast, kannst du sie dir ja überspielen.«

Ich war ihm sehr dankbar, dass er mich nicht nach dem Grund meines Interesses fragte. Er nahm es hin und freute sich, jemanden gefunden zu haben, der sich geradeso wie er selbst für alte Musik begeistern konnte.

An diesem Tag kehrte ich voller Zuversicht heim.

14

Es war in den ersten Maitagen. Während ich durch den Park nach Hause ging, kam ich an einem kleinen Teich vorbei. Er erinnerte mich an den Teich, in dessen Nähe ich in meinem Traum eines der Handelsschiffe durch den Park segeln sah. Es war mir früher nie aufgefallen, dass an seinem Ufer Schwertlilien wuchsen. Auf der Suche nach Licht durchstachen die lanzettförmigen Blätter die Wasseroberfläche und drängten sich schützend um einige sie überragende Stängel, an denen sich Knospen entwickelt hatten.

Mich durchfuhr die Erkenntnis wie ein Blitz.

Das war es.

Das war der Tag im Mai, nach dem ich bisher vergeblich gesucht hatte. Wenn die erste Schwertlilienknospe aufbrach, musste ich meinen Versuch wagen, und er konnte auch nur gelingen, so lange die Schwertlilien blühten. Die auf dem Gemälde wiedergegebene Blume war der Hinweis auf den richtigen Zeitpunkt.

Von nun an ging ich jeden Tag in den Park und beobachtete die Knospen. Ich sah, wie sie anschwollen, ihre Spitzen immer dem Licht zugewendet. Oft stand ich länger als eine halbe Stunde vor ihnen und bildete mir ein, sie wachsen zu sehen. Ich befürchtete sehr, den Augenblick zu verpassen, in dem sie aufblühten.

Dann, eines Morgens, war es so weit. Die erste Knospe war aufgegangen. Eine große, strahlend gelbe Blüte hatte sich entfaltet.

Das war das Zeichen.

An diesem Abend zog ich mich früher als sonst in mein Zimmer zurück. Ich stellte den Topf mit den Algen, die ich aus dem Teich geschöpft hatte, vor den Ventilator, nahm ein paar Salzkörner zwischen die Lippen, schaltete den Diaprojektor ein und legte die Schallplatte auf den Plattenspieler. Dann versuchte ich, mich auf das Bild zu konzentrieren. Doch ich war zu aufgeregt. Mein Herz klopfte und es fiel mir schwer, tief durchzuatmen.

»Om«, sagte ich leise, weil ich gelesen hatte, dass die Buddhisten diese Silbe benützen, wenn sie sich konzentrieren wollen. »Om, om, om –« Ich sagte es beim Einatmen und beim Ausatmen und spürte, wie sich Atem und Puls allmählich beruhigten.

Dabei nahm ich die Musik in mich auf und betrachtete das Gemälde. Langsam ließ ich meine Augen in ihm herumwandern, die Feinheit bewundernd, mit der es der Künstler gemalt hatte. Immer noch stand der alte Mönch am Ufer des Flusses, die rechte Schulter an den Baumstamm gelehnt, in der linken Hand den Stab, auf den er sich stützte. Immer noch schwamm der auf ein Floß gefesselte tote Mann im Wasser.

Doch plötzlich meinte ich, eine Bewegung wahrgenommen zu haben. War da nicht eben einer der beiden Salamander über die Uferfelsen gehuscht? Bewegte sich nicht der ins Wasser hängende rote Mantel in der Strömung hin und her? Und kreisten nicht die schwarzen Vögel über der Felseninsel? Ich stand von meinem Bett auf, um alles genauer betrachten zu können, spürte auf einmal den felsigen Grund unter meinen Füßen, während mir der Geruch von Tang und faulen Fischen in die Nase stieg. Ein plötzlicher Windstoß zerrte an meinen Haaren.

Vor mir erreichte gerade der Riese mit einem gewaltigen Schritt das Ufer. Er achtete darauf, die beiden Muscheln nicht zu zertreten, die das Wasser an Land geschwemmt hatte, stieg über die Felsen und über die blühende Schwertlilie, vorbei an dem alten Mönch, so als habe er ihn gar nicht bemerkt. Weiter oben setzte er das Kind auf der Böschung ab und wischte sich den Schweiß von der Stirn. Das Kind und er wechselten einige Worte miteinander, doch ich konnte nicht hören, was sie sprachen, weil das Rauschen der Strömung jeden andern Laut verschluckte.

Doch dann fiel mir auf, dass zwischen dem Rauschen die Sänger zu hören waren, und ich verstand auch den Text des Liedes, das sie gerade sangen:

Auf dich, Herr, hoffe ich,
um Mitleid in Ewigkeit zu finden.
Doch in einer traurigen und finsteren Hölle
war ich, und arbeitete vergebens.
Zerbrochen, im Wind vergangen ist alle Hoffnung.
ich sehe, dass der Himmel mich weinen lässt.
Seufzer und Tränen bleiben mir
in meiner traurigen, großen Hoffnung.
ich war verwundet, doch in meinem Leide
rief ich zu dir:
Auf dich, Herr, hoffe ich.

Der Wind wehte die Melodie über den Fluss davon.

»Gelobt sei Jesus Christus«, sagte jemand neben mir, und ich hörte mich antworten: »In Ewigkeit, Amen!«

»Ein alter Mann ist wie ein dürrer Baum. Dem einen fallen die Zähne aus dem Mund und dem anderen die Blätter von den Zweigen. Willst du über den Fluss?«

Der Mönch verließ seinen Platz hinter dem Baum und kam auf mich zu. Ich beantwortete seine Frage mit einem Nicken.

»Dann fragst du am besten die Männer, die die Ziegel herüberbringen. Die Ziegel für die Mauer hinter meiner Einsiedelei.« Der weiße, schüttere Bart zitterte, während er sprach.

»Der Riese muss sich erholen. Er hat gerade nicht nur die Welt über den Fluss getragen, sondern auch den, der die Welt erschaffen hat. Und das ist mehr, als ein Mensch tragen kann.«

Ich wunderte mich nicht über das, was er sagte. Es kam mir alles ganz selbstverständlich vor.

»Später wird er sich aufmachen und in die Welt ziehen, um die Menschen von seinem Glauben zu überzeugen. Überall dort, wo er seinen Stab in die Erde steckt, wird dieser Blätter treiben.«

Der Alte schwieg eine Weile, bevor er fortfuhr: »Geh am Ufer entlang, so lange, bis du an eine Anlegestelle kommst. Und wenn das Boot gerade nicht da ist, musst du eben warten, bis es zurückkommt. Richte den Männern einen schönen Gruß von Bruder Jacobus aus, dann werden sie einem Gesellen, wie du einer bist, die Überfahrt nicht verweigern.«

Ich bedankte mich bei ihm und wunderte mich nur, dass er mein Aussehen nicht befremdlich fand. Meine Haare waren zwar halblang geschnitten, so wie es zu jener Zeit Mode war, doch ich trug meine engen Jeans, ein weißes darüberhängendes Hemd und eine ärmellose Lederweste.

Ich kletterte also über die Steine, die das Ufer säumten, und machte mich auf den Weg. Hoch über mir blies der Wind die Wolken landeinwärts. Es konnte nicht lange her sein, dass es geregnet hatte, denn Blätter und Halme glänzten vor Nässe und es roch nach Erde, wie stets nach einem Frühlingsregen.

Als ich mich der Einsiedelei näherte, bellte ein Hund. Er und ein anderer, kleinerer, schienen dem Mann zu gehören, der in tiefer Andacht vor einem an einem Baum befestigten Heiligenbild kniete.

Ich blieb einen Augenblick stehen, überlegte, ob ich ihn ansprechen sollte, und ging dann doch still an ihm vorbei, um seine Andacht nicht zu stören.

Das Haus des Einsiedlers war das merkwürdigste, das man sich vorstellen kann. Der Erbauer hatte es an die Ruine einer kleinen Kirche angelehnt und über einem kuppelförmigen Holzgerüst einen mit Tierhäuten belegten Unterstand errichtet. Rechts von der Öffnung war noch die Treppe zu sehen, auf der man früher in den Turm gestiegen war, und hinter der Treppe stand ein Mann und arbeitete an einer Mauer. Obwohl das alles sehr fremdartig und mit der großen Öffnung beinahe bedrohlich aussah, erinnerte es mich an irgendetwas. An was, konnte ich aber nicht sagen.

Im Vorbeigehen sah ich den merkwürdigen Kerl, der sich in der Hütte befand. Er hockte halbnackt vor einem Feuer, trocknete ein Kleidungsstück und sah mir misstrauisch nach. Sein Blick gefiel mir nicht. Er war lauernd, starrend. Erst später wurde mir klar, dass der Mann schielte.

»He, du, was suchst du hier?«, schrie er mir nach. Doch ich setzte meinen Weg fort, so als ob ich es nicht gehört hätte. Mir fiel ein, dass sich hier in der Nähe unten am Ufer die beiden Mönche mit dem Toten befinden mussten.

Daher hielt ich mich rechts, weil ich annahm, dass man von der Böschung aus einen guten Überblick über den Fluss haben könnte, was sich auch als richtig erwies.

Überrascht stellte ich fest, dass weit und breit weder zwei Mönche noch die Spur eines Floßes mit einer darauf festgebundenen Leiche zu sehen waren.

Der Platz war leer. Sie waren spurlos verschwunden.

Doch bevor ich mich von diesem Schrecken erholen konnte, um zu überlegen, wie ich weiter vorgehen sollte, sangen die Stimmen ein *Requiescat in pace. Amen.* Es knackte leise, und das Geräusch des sich von der Platte abhebenden Tonarmes, der sich in seine Halterung zurückbewegte, drang an mein Ohr. Ich saß noch immer im Lotossitz auf meinem

Bett, gegenüber dem auf die Wand projizierten Christophorusbild.

Nichts hatte sich verändert. Der Heilige stand im Wasser, das Kind saß auf seiner Schulter, Bruder Jacobus lehnte an seinem Baum und die Mönche hielten das Floß mit der Leiche fest, so wie sie es immer getan hatten, seit sie gemalt worden waren. Auch die Vögel über der Felseninsel hingen wie an unsichtbaren Fäden wieder fest im Himmel und die Salamander am Ufer waren mitten im Spiel erstarrt.

Ich war nicht länger in dem Gemälde gewesen, als ein Plattenspieler braucht, um eine Plattenseite abzuspielen. Die Musik hatte den Zeitraum meiner Verwandlung festgelegt. Ich schaltete den Projektor aus. Für einen nächsten Versuch würde ich erst einen Weg finden müssen, der mir einen längeren Aufenthalt in dem Gemälde möglich machte.

15

Wider Erwarten war das ein einfach zu lösendes Problem. Da alles davon abhing, wie ich Herrn Wintersteins Platte verlängern konnte, gab es nur eine Möglichkeit: Ich musste sie auf eine Endloskassette überspielen.

Glücklicherweise hatten wir in der Schule einige Jungen, die mit so etwas experimentierten. Daher konnte ich mir so eine Kassette leihen, denn sie sind ziemlich teuer, wenn man sie kaufen muss. Ich hätte am liebsten alles, was auf der Schallplatte war, auf das Band überspielt, doch das ging leider nicht, weil es aus einer Schleife bestand, die alle zwölf Minuten die darauf kopierte Musik wiederholte. Daher war ich gezwungen, diejenigen Stücke auszuwählen, die mir passend erschienen und so hintereinander auf das Band zu kopieren, dass keines von ihnen ein anderes beschnitt.

Nach langem Überlegen entschied ich mich für vier Lieder. Das erste handelte von einem Mann namens Scaramella, der mit seiner Lanze und seinem Schild in den Krieg zieht. »La zombero, boro, borombetta«, sangen die begleitenden Stimmen den Refrain. »La zombero, boro, borombo.« im zweiten Lied hoffte der unbekannte Verfasser auf Erlösung von seinen Leiden. Das dritte war fröhlich. Es war ein Loblied auf eine Grille, die nicht wie die Vögel schon kurz nach Beginn ihres Vortrags fortfliegt, sondern dableibt und jedes Lied zu Ende singt. Das vierte Lied war die Klage über eine unglückliche Liebe.

Ich brauchte ziemlich lange, bis ich alles nahtlos hintereinander auf das Band kopiert hatte. Doch was bedeuteten einige Stunden, wenn ich mithilfe dieser Kassette die Möglichkeit erhielt, so lange ich wollte in dem Gemälde zu bleiben, um das Geheimnis um den Toten aufzuklären?

So hatte ich alles gut vorbereitet und wartete nur noch auf einen günstigen Zeitpunkt.

Ich überlegte, dass es wohl am besten sein würde, den nächsten Versuch erst zu wagen, wenn meine Mutter ein paar Tage wegfuhr, was sie ab und zu tut. In der Zwischenzeit lief ich jeden Tag in den Park und beobachtete die blühenden Schwertlilien. Besorgt betrachtete ich die Knospen und trauerte um jede verwelkte Blüte.

Allmählich ging der Mai seinem Ende zu. Es war noch einmal kalt geworden, doch dann blies der Wind die Wolken davon. Es wurde warm und beinahe sommerlich.

»Ich fahre am Freitag mit Illy nach Holland«, eröffnete mir meine Mutter eines Tages, »und komme erst spät am Sonntag zurück. Dreh bitte das Licht aus, wenn du am Abend weggehst, und schließe die Fenster, wenn ein Gewitter kommt!«

Ich versprach ihr, auf alles zu achten. Sie stellt sich immer so an, bevor sie wegfährt, und vergisst dabei völlig, dass ich auch sonst oft allein in der Wohnung bin.

Sie fuhren am Freitag, gleich nach dem Mittagessen. Ich konnte es kaum erwarten.

Als sie weg waren, schloss ich die Fenster und in meinem Zimmer sogar die Läden, weil das auf die Wand projizierte Dia im Dunkeln besser zur Geltung kommt. Danach stellte ich die Algenschüssel neben den Ventilator und nahm ein Salzkorn zwischen die Lippen. Nach dem Einschalten des Diaprojektors legte ich die Kassette in den Rekorder und drückte den Startknopf. Dann hockte ich mich aufs Bett und versuchte, mich zu konzentrieren.

»Om«, murmelte ich leise und atmete ganz langsam ein und wieder aus, während die Sänger das fröhliche Lied von der Grille anstimmten. Mir kam die Zeit unendlich lang vor. Ich beobachtete die kleine, sich im Wind biegende Birke in der Mitte des Bildes und die geblähten Segel der Fischerboote. Bald huschten wieder die beiden Salamander über die Felsen am Ufer, und die Vögel umkreisten die Felseninsel, während sich der rote Umhang des Heiligen in der Strömung hin und her bewegte.

II. Der Weg

1

»Gelobt sei Jesus Christus«, sagte Bruder Jacobus.

»In Ewigkeit, Amen«, antwortete ich.

»Ein alter Mann ist wie ein dürrer Baum«, murmelte er müde. »Dem einen fallen die Zähne aus dem Mund, dem anderen die Blätter von den Zweigen. Willst du über den Fluss?«

Schon hatte der Riese wieder das Ufer erreicht, wo er völlig erschöpft das Kind absetzte.

»Dann fragst du am besten die Männer, die für mich die Ziegel vom anderen Ufer holen. Es sind Ziegel für die Mauer hinter meiner Einsiedelei.«

Noch immer trieb der Wind die Wolken landeinwärts, und das Rauschen des Flusses begleitete die Worte des Mönchs.

Dieses Mal fasste ich mir ein Herz und fragte ihn mit einem Blick auf die merkwürdige Hütte: »Wohnst du dort?«

»Aber natürlich. Ist es nicht ein wunderbarer Platz, um ein großes Werk zu schreiben? Die Aussicht von oben ist unvergleichlich.« Damit meinte er wohl das Baumhaus.

»Was schreibst du?«

»Heiligenlegenden, was sonst?«

»Brauchst du dazu keine Bücher?«

»Aber nein. Meine Legenden leben. Sie gehen im Volk von Mund zu Mund. Noch nie hat sie jemand aufgeschrieben.« Er ließ sich auf einem der Felsen nieder. »Viele Leute kommen zu mir, weil sie einen Rat brauchen. Ich höre mir ihre Klagen an und versuche sie zu trösten. Zum Dank dafür erzählen sie mir dann eine Legende.«

»Dann bist du Bruder Jacobus von Voragine?«

»Ich bin Bruder Jacobus der Legendensammler und auch der Einsiedler, der dem Riesen Christophorus einst den Rat gab, Gott zu dienen, indem er Reisende über den Fluss trägt.«

»Ich muss jetzt gehen«, murmelte ich etwas verlegen, weil es mir unangenehm war, einen so berühmten Mann nicht erkannt zu haben. Doch dann kam mir noch der Gedanke, dass ich ihn nach den Mönchen am Ufer fragen könnte.

»Meinst du die Brüder Rentius und Paulus? Sie kamen am Morgen vorbei, während der Riese noch schlief, um mit der Fähre überzusetzen.« Von dem Toten sagte er nichts. Offenbar wusste er nichts von ihm.

Ich fragte nicht weiter, sondern verabschiedete mich von ihm. Dann ging ich am Ufer entlang, auf dessen Böschung immer noch der erschöpfte Christophorus hockte.

Die Grille ist ein guter Sänger, die einen langen Vers hält, sang der Chor. *Trinke, Grille, und singe!*

Die fröhliche Melodie machte auch mich fröhlich. Dass ich mir vorgenommen hatte, einen Todesfall aufzuklären, der möglicherweise mit Gewalt herbeigeführt worden war, hatte ich völlig vergessen.

Neben dem Weg stand ein weißer Reiher in einem Tümpel und fischte. Er ließ sich durch nichts bei dieser Beschäftigung stören, auch nicht durch das Hundegebell.

»Ave Maria«, betete der Mann vor dem Andachtsbild, *»gratia plena.* Du bist benedeit unter den Weibern ...« Hinter ihm öffnete ein Bauer gerade ein Tor. Suchte er vielleicht Rat bei Bruder Jacobus? Oder brachte er ihm eine neue Legende?

Um den beiden Hunden auszuweichen, wollte ich Bruder Jacobus' Einsiedelei auf der dem Fluss zugewandten Seite umgehen. Ob der unheimliche, schielende Mann immer noch damit beschäftigt war, seine Kleider am Feuer zu trocknen, interessierte mich nicht.

Wie schon beim ersten Mal brüllte er »He du – was suchst du hier?« hinter mir her. Aber ich beachtete ihn nicht, stolperte weiter, ohne mich umzusehen, und schaute auch nicht zum Ufer hinunter, denn dass die Leiche und mit ihr die beiden Mönche verschwunden waren, wusste ich ja.

In einer torähnlichen Öffnung der Kirchenruine stand ein Greis und schlürfte Wasser aus einer Schüssel. Von hier aus führte ein schmaler Pfad zum Fluss hinunter und zu der Anlegestelle des Fährboots. Doch sie war leer. Das Boot lag am anderen Ufer, wo es zwei Männer mit Ziegeln beluden. Da entschied ich mich rasch dafür, der Hütte im Baum einen Besuch abzustatten. Ich umrundete die Einsiedelei und fand auf ihrer Rückseite eine Leiter, auf der ich schnell nach oben stieg. Das Baumhaus bestand eigentlich nur aus einem mit Rinde belegten Dach, welches die zwischen zwei Ästen befestigte Plattform vor Regen schützen sollte.

Bruder Jacobus hatte recht: Die Aussicht war unvergleichlich. Weit hinten verschwammen die Felsen im Dunst des frühen Nachmittags. Ich sah viele spielzeugkleine Fischerboote, deren Besitzer in der Mündung des Flusses ihre Netze auswarfen, erkannte einige Männer im Hafen der kleinen Bucht, die zu der Insel gehörte und lauschte den klagenden Rufen der dunklen Vögel, die auf der Suche nach Futter über der Küste kreisten.

Am anderen Ufer wand sich der Fahrweg der Stadt zu, über der eine dunkle Wolke einen Brand anzeigte.

2

Das Wetter besserte sich. Hie und da riss der Wind die Wolken auseinander und ließ ein Stück blauen Himmels sehen.

Über den Fluss huschten Sonnenlichtflecken. Sosehr ich mich auch bemühte, nirgends konnte ich eine Spur von der Leiche oder den Mönchen entdecken.

Wie über dem Wasser tanzende Mücken, so schwirrten die Fragen in meinem Kopf herum, und der Entschluss, mich gleich auf den Weg in die Stadt zu machen, fiel mir nicht schwer. Vermutlich konnte ich nur dort mehr erfahren.

Ich überlegte und überlegte. Längst hatten die Männer auf dieser Seite des Flusses die Ziegel ausgeladen. Doch gerade, als ich auf der Leiter stand, um hinunterzuklettern, verließ der schielende Mann die Hütte des Mönches.

Misstrauisch sah er sich um, so als ob er sich vergewissern wollte, dass ihn niemand verfolgte. Anschließend rannte er in großen Sprüngen zu der Anlegestelle hinunter, wo er nach einem kurzen Gespräch mit dem Fährmann das Boot bestieg. Und weil er mir unheimlich schien und ich vermeiden wollte, mit ihm zusammen den Fluss zu überqueren, blieb ich, wo ich war, bis der Kahn wieder abgelegt hatte. Der Fährmann und sein Gehilfe ruderten ihn hinüber. Ich sah, wie sie mit der Strömung kämpften, ein Stück abgetrieben wurden und schließlich das andere Ufer erreichten, wo der Mann aus der Einsiedelei sie verließ und den Weg in die Stadt einschlug.

Und als die Fähre dann wieder hier angelegt hatte und der Gehilfe die Ziegel Kiepe für Kiepe den schmalen Weg bis hinauf zu der Kirchenruine schleppte, bat ich den Fährmann, mich mitzunehmen.

»Wo willst du hin?«, fragte er.

»In die Stadt«, antwortete ich. Mehr brauchte er nicht zu wissen.

»Bist du ein fahrender Geselle?«

Ich brummte irgendetwas, das sowohl Ja als auch Nein bedeuten konnte. Und weil ich schon oft die Erfahrung gemacht hatte, dass man, wenn man einer Antwort auf eine Frage aus dem Wege gehen möchte, am besten eine Gegenfrage stellt, erkundigte ich mich bei ihm nach den Ziegeln und warum sie über den Fluss gebracht wurden.

»Mit ihnen erfüllt Bruder Jacobus sein Gelübde, die alte Kirche wieder aufzubauen. Meiner Meinung nach ist es das verfallene Gemäuer nicht wert. Doch wenn sich alte Leute einmal etwas in den Kopf gesetzt haben, dann halten sie stur daran fest, auch wenn es unsinnig ist.« Der Fährmann schüttelte verständnislos den Kopf und fügte dann wie zur Bekräftigung seiner Worte hinzu: »Willem hat das auch gesagt.«

»Willem?«

»Ach, das ist ein …«, und dann unterbrach er sich schnell. »Der ist vorhin mit uns hinübergefahren.«

So erfuhr ich, dass der schielende Fremde Willem hieß, und gleich darauf erinnerte ich mich wieder an die beiden Mönche. »Hast du heute Morgen zwei Mönche übergesetzt?«

»Ja, doch das war fast schon am Mittag. Und bezahlen wollten sie auch nichts. Von Gottes Lohn werden vielleicht die geistlichen Herren, aber nicht meine Kinder satt.«

Während der Überfahrt redeten wir fast nichts miteinander. Der Druck der Strömung schob den Kahn flussabwärts, und der Fährmann hatte alle Hände voll zu tun, um ihn auf die andere Seite zu steuern. Anschließend trieb uns die Gegenströmung an dem Schilfgürtel entlang wieder zurück bis auf die Höhe der Einsiedelei, wo wir anlegten und an Land gingen. Ich bedankte mich bei dem Fährmann und kramte in meinen Taschen, ob ich etwas fände, womit ich ihn bezahlen könnte. Und als ich ihm ein Markstück gab, wendete er es erstaunt hin und her.

»Du musst von weither kommen«, sagte er. »Ich kenne viele Münzen, aber die hab ich noch nie gesehen. Auch deine Kleidung ist anders, als es bei uns grad Mode ist.«

Da beschloss ich, mir so rasch wie möglich andere Kleider zu verschaffen.

3

Diese Gelegenheit kam schneller, als ich erwartet hatte. Ich war nur wenige Schritte auf der schmalen Straße auf die Stadt zu marschiert, als ich auf der rechten Seite einen Mann entdeckte, der offensichtlich eine Rast eingelegt hatte. »He«, rief er mir zu. »Komm her! Setz dich ein bisschen zu mir!«

Ich rutschte die Böschung hinunter und hockte mich neben ihn. Wir sprachen über dies und das, fingen beim Wetter an und hörten bei den politischen Zuständen auf. Zufrieden stellte ich fest, dass ich durch alles, was ich vorher gelesen hatte, recht gut Bescheid wusste, auch mit der Sprache hatte ich kaum Schwierigkeiten.

Der Mann war von Beruf Segelmacher. Er befand sich gerade auf dem Weg zu seinen Eltern, die er einige Jahre nicht mehr gesehen hatte. Durch seine Arbeit war er schon weit herumgekommen. Wie so viele zur See fahrende Männer besaß auch er die Fähigkeit, spannende Erlebnisse gut zu erzählen.

»Woher kommst du und wo willst du hin?«, fragte er mich schließlich.

Da erfand ich schnell eine Geschichte von einer Reise durch ferne Länder und dass ich in die Niederlande gekommen wäre, um das Malerhandwerk zu erlernen.

»Aha«, sagte er. »Jetzt versteh ich auch, warum du so komische Kleider anhast.«

»Gefallen sie dir?«

»Aber ja. Ich liebe Abwechslung. Das ist doch mal was anderes.«

»Willst du sie haben?«, sagte ich und schlug ihm einen Tausch vor.

Zu meiner Überraschung ging er gleich auf den Vorschlag ein. Also zog ich mich aus und reichte ihm meine Jeans, das weite Hemd und die lederne Weste, und er zog sich ebenfalls aus und gab mir seine Kleider.

Wir lachten sehr über unser verändertes Aussehen, blieben noch eine Weile auf der Böschung sitzen und verabschiedeten uns dann. Er wollte weiter flussaufwärts.

»Wenn du ein Maler werden willst«, sagte er noch, »dann musst du zu einem Meister von der St. Lukasgilde in die Lehre gehen. Das sind die Besten.«

Ich setzte also meinen Weg in den Tuchhosen, dem leinenen Kittel, dem Wams und den Holzpantinen des Segelmachers fort und hoffte, so weniger aufzufallen. Allmählich schwand meine Unsicherheit, ob ich mich in jener Zeit zurechtfinden könnte.

Die Strahlen der sinkenden Sonne umrahmten die Silhouette der Felsenburg, deren dunkle Fenster wie die leeren Augen eines Totenschädels über das Flusstal starrten.

In den Schilfblättern am Ufer raschelte der Wind. Er kam übers Wasser und brachte Musik mit. Zerbrochen, im Wind vergangen ist alle Hoffnung ..., sang eine Stimme, begleitet vom Gluckern der Strömung. Ich sehe, dass der Himmel mich weinen lässt.

Mir war, als hörte ich in der Ferne das Ein- und Ausatmen der Brandung.

Während ich so am Ufer entlanglief und die vielen Fahrspuren betrachtete, überlegte ich mir, auf welche Weise ich am geschicktesten meine Nachforschungen beginnen könnte, ohne selbst in Verdacht zu geraten. Ich hatte, weil mir im Augenblick nichts Besseres eingefallen war, dem Segelmacher erzählt, dass ich das Malerhandwerk erlernen wollte. Je länger ich darüber nachdachte, umso besser kam mir der Einfall vor, denn ich hatte mir schon immer gewünscht, ein Maler werden zu können.

Die Leiche am Fluss war von Patinir gemalt worden. Vielleicht hatte ich das Glück, dass die Stadt im Hintergrund des Bildes wirklich Antwerpen war. Was lag da näher, als zu versuchen, in seiner Werkstatt Arbeit zu finden? Ich überlegte, wie ich dieses Ziel erreichen könnte, vergaß meine Umgebung, sah immer nur auf den sandigen Boden und schrak zusammen, als mich jemand ansprach. »Gott mit dir, Junge. Willst du zur Stadt?«

Es war ein Bauer. Er trug eine Kiepe und stützte sich während des Gehens auf einen Stock, genau wie seine ihn begleitende Frau. Hie und da blickte er besorgt über die Schulter nach hinten. Beide glichen dem Paar, das ich von Patinirs Bild her kannte.

»Hüte dich vor den Reitern des Kaisers. Es sind raue Gesellen, die nicht lange fackeln, wenn sie einem wie dir begegnen. Sie drücken dir eine Lanze in die Hand und du befindest dich, ehe du dich versiehst, in den Diensten unseres allmächtigen Herren.«

Und die Frau sagte noch: »Sie rauben den Bauern das Vieh und zwingen sie dann, es neben ihnen her zu treiben, und wenn sie es wagen, sich zur Wehr zu setzen, schlägt man sie halb tot. Gestern Abend kam hier so eine Horde entlang, und eben war mir wieder, als hörte ich hinter uns Waffengeklirr.«

Das klang nicht gut. Damit hatte ich nicht gerechnet. »Haben wir Krieg?«, fragte ich ängstlich.

Da sah mich der Bauer erstaunt an. »Haben wir das nicht, seit unser Herr vor drei Jahren die Wahl zum Kaiser gegen den Franzosenkönig gewonnen hat? Seitdem gibt's ständig Scharmützel an der Grenze.«

»Hör auf! Was interessiert das den Burschen?«, sagte die Frau und fuhr zu mir gewendet fort: »Mach dir bloß keine

Sorgen. Bis hierher kommt kein Franzose. Hier bist du sicher, wenn du aufpasst, dass dich die Reiter nicht schnappen!«

Da erinnerte ich mich daran, dass ich in meinen Büchern viel über den Zwist zwischen Kaiser Karl und König Franz gelesen hatte, und ich nahm mir vor, keine so dumme Frage mehr zu stellen.

Ich verabschiedete mich von den beiden und setzte meinen Weg fort. Doch kaum war ich ein paar Schritte gegangen, da hörte auch ich das Waffengeklirr, die Schreie von Männern und das Blöken von Vieh. Zu meinem größten Entsetzen sah ich, dass mir hinter der nächsten Biegung des Weges eine geharnischte Kriegshorde entgegenkam. Ein paar Männer trieben eine Herde Vieh neben sich her. Es waren die Reiter des Kaisers, vor denen ich eben gewarnt worden war.

Das fehlte mir noch. Rasch suchte ich nach einem Versteck und fand es in einem neben der Straße stehenden Schuppen. Eine schmale, unter dem Dach angebrachte Luke ermöglichte mir den Blick auf den Weg, ohne selbst gesehen zu werden.

Das war mein Glück, denn genau vor dem Schuppen machten die Reiter Halt. Sie stiegen ab, um sich ein wenig die Beine zu vertreten, während das Vieh auf der Wiese zu grasen begann und die Treiber sich auf den Boden hockten.

Ich schwitzte vor Angst und wagte zuerst kaum zu atmen. Die Hütte roch muffig, nach verschimmeltem Holz und nach Torf. Der durch mein Eindringen hochgewirbelte Staub stieg mir in die Nase. Beinahe hätte ich niesen müssen. Doch mit der Zeit fasste ich Mut und hörte den Unterhaltungen der Reiter zu.

»He«, schrie einer, »halt mal mein Pferd. Ich muss pinkeln.«

»Dann eil dich!«

»Wo will er denn hin, der Kaiser?«, fragte ein anderer.

»Nach Spanien.«

»Warum das?«

»Weil er glaubt, dass ihm dort das Regieren leichterfällt als bei uns in den Niederlanden.«

»Und wer erledigt hier die Geschäfte?«

»Seine Tante, die Margarete. Na ja, ich finde, dass es für eine Frau genügt, schön zu sein. Über ein Land zu herrschen ist Männersache.«

»Vielleicht dachte der Kaiser an das Sprichwort: ›Die beste Grete, die man fand, war die, die den Teufel aufs Kissen band!‹, als er sie zur Statthalterin ernannte? Vielleicht gehört sie zu denen, die den Teufel aufs Kissen binden?«

Dröhnendes Lachen folgte dieser Rede.

Als die Stimmen sich langsam entfernten, riskierte ich einen Blick aus der kleinen Luke.

Die Männer hockten in Gruppen zusammen. Jeder hielt sein Pferd am Zügel. Einige hatten die Helme abgenommen, andere sich bloß den Harnisch gelockert. Ihre Lanzen hatten sie neben sich in den Boden gesteckt. Einer von ihnen, es musste der Hauptmann sein, trug eine besonders prächtige Rüstung über bunten, geschlitzten Pluderhosen und einen birnenförmigen Helm auf dem Kopf Als er aufstand und auf mein Versteck zuging, hörte mein Herz für einen kurzen Moment auf zu schlagen. Doch er ging nur ein wenig zur Seite, rief dann einen anderen zu sich heran und sprach mit gedämpfter Stimme auf ihn ein. Von dem, was sie sagten, konnte ich leider nur wenig verstehen.

»... war der Meinung, dass er ein französischer Spitzel gewesen sei ...«

»... was ... ?«

»... könnte sein ... mehr davon unterwegs ...«

»... auf jeden Fremden achten ...«

»... kurzen Prozess mit ihm machen ...«

Der Hauptmann sah sich misstrauisch um und senkte seine Stimme abermals, sodass ich nun gar nichts mehr verstehen konnte. Wer war der französische Spitzel, von dem er gesprochen hatte? Wen wollte er exekutieren?

Auch ohne diese Fragen beantworten zu können, stand für mich fest, dass der weitere Weg ziemlich gefährlich werden konnte. Ich war fremd hier. Mich kannte niemand. Erst im Menschengewühl der Stadt könnte ich mich einigermaßen sicher fühlen, denn dort gab es vermutlich viele Matrosen, zwischen denen ein Fremder kaum auffallen würde.

Ich sah zum Himmel. Immer noch war die Sonne ein gutes Stück vom Horizont entfernt, obwohl die Schatten der Bäume schon länger wurden. Ich überlegte, ob es nicht klüger sei hierzubleiben, zumindest so lange, bis sich die Dunkelheit über dem Land ausgebreitet hätte. Doch ich verwarf den Gedanken gleich wieder, weil es noch weit bis zur Stadt war und weil ich Hunger hatte. Und außerdem fürchtete ich mich in der Dunkelheit. Vielleicht würde ich in der Mühle etwas zu essen und einen Unterschlupf finden?

Während mir diese Gedanken durch den Kopf gingen, waren die Reiter schon wieder aufgesessen. Die Treiber scheuchten das Vieh auf, das sich gemütlich kauend am Wegrand niedergelassen hatte, und mit lautem Geschrei und Waffengeklirr zog die Truppe weiter landeinwärts.

4

Ich wartete, bis es still geworden war, huschte dann aus dem Schuppen und sah mich um. Weit und breit war niemand zu sehen.

Mit weiß schäumenden, flockigen Wellen vor dem Bug kreuzte ein Fischerboot auf dem Fluss hin und her. Der Wind rieb die Blätter einer Birke so aneinander, dass ein leises Rascheln ertönte, ähnlich dem sanften Geplätscher eines kleinen Bächleins.

Das erinnerte mich an Illys Antwort auf meine Frage, warum sich in der Mitte des Gemäldes die Bäume im Wind bogen, während es im Vordergrund und weiter hinten windstill zu sein schien. »Das könnte ein Zeitfaktor sein«, hatte sie mir erklärt. »Wenn am Morgen ein Wanderer bei windstillem Wetter die Stadt verlassen hat, dann ist es durchaus denkbar, dass gegen Mittag eine leichte, kurz anhaltende Brise die Äste der Birke verbog, gerade als er an ihr vorbeikam.«

Wenn diese Annahme stimmte, dann bedeutete das für mich, dass die im Hintergrund des Bildes dargestellten Ereignisse möglicherweise schon früher passiert waren, gestern vielleicht oder heute Morgen.

Beruhigt stellte ich fest, dass dann auch das Ereignis im Hof der Mühle, bei dem sich zwei Männer über einen zu Boden gestürzten dritten beugten, schon am frühen Morgen geschehen sein konnte, vielleicht aber auch schon am Abend vorher oder während der Nacht. Es fiel mir schwer, mich an den Gedanken zu gewöhnen, dass ich mich weder in jener Gegenwart befand, in die ich hineingeboren worden war, noch einer Zukunft entgegenlebte, in der schon bald eine bemannte Rakete zum Mars fliegen würde, sondern mich in einer Vergangenheit aufhielt, die im Mai 1522 begann.

Ich beeilte mich, doch allmählich spürte ich meine Füße, denn die Pantinen des Segelmachers waren mir etwas zu klein. Noch war es hell, und die Rauchwolke über der Stadt war gut zu erkennen. Brandgeruch stieg mir in die Nase. Weit hinten begann ein Glöckchen zu bummeln. Es klagte und jammerte vor sich hin, manchmal etwas lauter, dann wieder leise, so als wollte es die Menschen an die Vergänglichkeit des Lebens erinnern.

War das die Glocke der Einsiedelei?

Als ob es ihr antworten wollte, fing schon kurz darauf das Geläut der Kathedrale zu dröhnen an. Bald übertönte es die sanften, mich ständig begleitenden Stimmen, die unermüdlich Meister Josquins Lieder wiederholten, rollte über mich hinweg und ließ die Luft erzittern.

Das Ave-Läuten.

Der Klang der Glocken schwang hinaus aufs Meer, der untergehenden Sonne zu, hallte landeinwärts und über den Fluss, wo ihn die Felsen abwiesen und er als Echo zurückkam. Er rief die Menschen zum abendlichen Gebet und forderte Ehrfurcht und Unterwerfung.

Nach einiger Zeit vergrößerten sich die Abstände zwischen den Schlägen. Allmählich klang das Geläut aus. Nur das Gebimmel aus der Einsiedelei war noch zu hören, bevor es mit einem letzten Bimbam erstarb. Ruhe kehrte zurück. Im Gebüsch begannen schon bald wieder die Finken zu schlagen, und Meister Josquins Lied von Scaramella, der in den Krieg zieht, kam von weither und wehte mir in die Ohren.

Scaramella zieht in den Krieg
mit der Lanze und dem Schild.
La zombero, boro borombetta!

5

Die Mühle bestand aus mehreren Gebäuden, die sich um einen Hof gruppierten. Jeder Reisende, der auf der schmalen Straße in die Stadt gehen wollte, musste ihren Hof überqueren. Doch bevor er ihn erreichte, führte ihn sein Weg ein kleines Stück durch ein Moor und dann über eine Brücke, unter der der Mühlbach floss. Das große Rad stand still, als ich vorbeikam. Ein paar Hühner, bewacht von einem zerrupften Gockel, kratzten auf der Suche nach Körnern im Sand. Ich überlegte gerade, ob ich den Müller um einen Unterschlupf bitten, mir selbst einen suchen oder doch lieber weitergehen sollte, als ich durch die nur angelehnte Tür des großen Wohnhauses Stimmen vernahm. Ich konnte nicht anders. Ich musste lauschen.

»... er kam dir bekannt vor?«, fragte eine dunkle Männerstimme, die vermutlich dem Müller gehörte.

»... ja, aber ich weiß nicht, woher«, antwortete ihm ein anderer. »Vielleicht hab ich ihn schon einmal in der Stadt getroffen. Was wollte der Kerl?«

»Das sagte er nicht, fragte nur nach dem Brand. Doch als ich ihm davon erzählte, hat er mir nicht zugehört, sich stattdessen ständig umgesehen, so als habe er Angst, dass ihn einer verfolgt.«

»Meinst du, er weiß etwas von gestern Abend?«, fragte der Junge ängstlich.

»Gott möge es verhüten.«

Die Unterhaltung wurde leiser. Ich verstand nicht mehr alles.

»... weit oben ... hinter der Einsiedelei ... ins Wasser ...«

Da mischte sich eine Frauenstimme ein. »Hört auf! Ihr ändert nichts mehr. Will einer von euch noch Suppe?«

Das Klappern von Geschirr und der köstliche Duft nach gebratenem Speck ließen mich nicht länger zögern: Ich klopfte. Gleich darauf hörte ich zwei oder drei hastige Schritte, worauf die Türe vor meiner Nase zuschlug.

»Wer ist da?«

Ängstliches Getuschel, dann ein Geräusch, als ob ein Stuhl umfiele, weiter hinten schnappte ein Türschloss.

»Ich heiße Peter Stensbeck und bin auf dem Weg in die Stadt, um Arbeit zu suchen!«, rief ich laut.

»Was willst du?«

»Könnte ich was zum Essen haben? Ich bin fremd hier und ziemlich hungrig.«

»... fremd hier«, flüsterte die Frau erschrocken.

»Lass ihn herein!«, sagte der Mann.

Als man mir öffnete, waren nur ein Mann und eine Frau in dem Raum.

»Komm nur herein!«

Der Müller hatte ein freundliches, rundes, von blauem Geäder durchzogenes Gesicht. Die kleinen, von Fettpolstern umrahmten Augen musterten mich neugierig, doch was er sah, schien ihm nicht zu missfallen. Er wies seine Frau an, mir einen Löffel zu bringen, damit ich mich aus der zwischen uns stehenden Schüssel bedienen könnte. Sie gab mir den Löffel und legte eine Scheibe Brot daneben.

Es war zu dunkel, um viel zu erkennen. Eine flackernde Ölfunzel stand auf dem Tisch. Die Frau trug eine einfache Haube, wie sie mir aus den Bildern der niederländischen Maler bekannt war. Es war kaum mehr als ein steifes, viereckiges Tuch, das in der Mitte des Scheitels befestigt war und auf beiden Seiten in einem weiten halbmondförmigen Bogen die Schläfen umrahmte. Die gestärkten Ecken unterstrichen die Wangenknochen. Ihr Mann trug einen gestreiften, mehlüberstäubten Kittel. Die Beine streckte er so unter dem Tisch aus, dass ich kaum Platz fand, meine danebenzustellen.

»Bist du auf der Suche nach Arbeit?«, fragte er mich.

»Ehrlich gesagt, mehr nach einer Lehrstelle«, erklärte ich ihm.

»In einer Mühle?«

Da zögerte ich, was ich ihm darauf antworten sollte. »Das weiß ich noch nicht«, sagte ich schließlich. »Am liebsten eine bei einem Maler. Man hat mir gesagt, dass es in der Stadt einige Werkstätten gibt, die Lehrlinge annehmen.«

»So«, brummte der Müller, und dann murmelte er: »Noch so ein Narr.« Sein bartloses Gesicht drückte Erstaunen aus. »Und warum fragst du gerade hier in der Mühle danach?«

Da fasste ich mir ein Herz und erzählte ihm von der Begegnung mit dem Bauern und seiner Frau, und dass sie mich vor den kaiserlichen Soldaten gewarnt hatten. Ich berichtete, dass ich um Haaresbreite so einer Horde in die Hände gefallen wäre, mich aber versteckt hatte und von dort ein Gespräch zwischen dem Hauptmann und einem der Reiter belauschen konnte. Und als ich noch hinzufügte, dass ich ihrer Unterhaltung entnommen hatte, im Land seien offensichtlich Spione des französischen Königs unterwegs, und sie hätten den Auftrag erhalten, diese unschädlich zu machen, schaute er mich überrascht an. Ich endete mit dem Geständnis, dass der eigentliche Grund meines Hierseins die Bitte um einen Unterschlupf sei, weil ich Angst davor hatte, von den Reitern des Kaisers verschleppt zu werden.

Daraufhin drang der Müller nicht weiter in mich.

Als ich den Löffel hinlegte, nickte er seiner Frau zu, worauf diese mir mit einem Wink zu verstehen gab, dass ich ihr folgen sollte. Mit einer zweiten Öllampe in der Hand überquerte sie den Hof und zeigte mir in einer Kammer neben dem Raum, in dem das Korn gemahlen wurde, einen großen

Packen leerer Säcke. »Da«, sagte sie nur. »Weich und warm. Besseres können wir dir nicht bieten.«

Ich hatte kaum Zeit, mich bei ihr zu bedanken, als schon die Tür hinter ihr ins Schloss schlug und ich im Dunkeln stand. Doch ich war so müde, dass ich mich, so wie ich war, auf den Packen Säcke fallen ließ. Mit zwei Säcken deckte ich mich zu, schob mir einen zusammengerollt unter den Kopf und schlief sofort ein.

6

Mitten in der Nacht wachte ich auf, weil ich das Gefühl hatte, nicht mehr allein in der Kammer zu sein. Ein leiser Lufthauch strömte mir übers Gesicht, und ich bildete mir ein, jemanden atmen zu hören.

»Ist da jemand?«, fragte ich in die Dunkelheit.

»Schsch, leise«, flüsterte es. »Ich tu dir nichts. Will nur mit dir reden.«

»Wer bist du?«

»Der Sohn des Müllers. Jan.«

Ich erkannte ihn an der Stimme. Er war die dritte Person, die ich bei der Unterhaltung am Abend belauscht hatte.

Es bestand kein Zweifel.

»Und was willst du von mir mitten in der Nacht?«

»Ich hab gehört, wie du meinem Vater erzählt hast, dass du gern Maler werden willst. Stimmt das?«

»Warum sollte ich lügen?«

Ich spürte, wie er sich langsam näherte und sich schließlich neben mir auf den Säcken niederließ.

»Ich frage dich nur, weil ich als Knecht bei einem Maler arbeite.«

»Als Knecht! Was musst du da tun?«

»Alles, was auch ein Lehrling tun muss, wie Farben reiben, Leim kochen, Holztafeln zuschneiden sowie grundieren und was sonst noch so alles an Arbeit in einer Werkstatt anfällt.«

Da konnte ich mich nicht zurückhalten, ihn zu fragen, ob ihm vielleicht zufällig ein Maler mit dem Namen Joachim Patinir bekannt sei. Und zu meinem größten Erstaunen antwortete er:

»Gewiss. Meister Joachim ist mein Herr. Kennst du ihn?«

»Nein, aber ich hab viel gehört über ihn und würde gern bei ihm in die Lehre gehen.«

»Das dürfte vielleicht zu erreichen sein«, sagte er. »Da musst du bloß hingehen und fragen. Und wenn du lesen, schreiben und zeichnen kannst sowie glaubhaft versicherst, dass dein Vater und deine Mutter zum Zeitpunkt deiner Geburt verheiratete Leute gewesen sind, dann brauchst du ihm nur noch gefallen und schon bist du angenommen.« Viel später, als ich wieder allein war, fielen mir diese Bedingungen wieder ein und dass eine der Voraussetzungen, von einem Meister angenommen zu werden, eine eheliche Geburt gewesen ist. Doch dann besann ich mich darauf, dass ich mich in einem Jahrhundert befand, in dem andere, uns heute fremde Moralvorstellungen herrschten. Doch damals, mitten in der Nacht, als der Sohn des Müllers das sagte, da fehlte mir die Zeit, um darüber nachzudenken. Es interessierte mich viel mehr, warum er nur Knecht war und kein Lehrling.

»Weil man als Lehrling fast nichts verdient«, antwortete er. »Einige Meister lassen sich sogar noch dafür bezahlen. Doch einem Lehrknaben ist es erlaubt, abseits zu stehen und zuzuhören, wenn ein Auftraggeber mit dem Meister verhandelt. Wir Knechte dürfen nur samstags dabei sein, wenn der Meister alle anfallenden Arbeiten bespricht und Fragen beantwortet. Die Zusammenkünfte der Gilde dürfen wir nicht besuchen. Das ist ein Privileg für Lehrlinge, denn sie sollen ja lernen, wie es dort zugeht.«

»Du willst also nicht selbst einmal Meister werden?«

Da seufzte er tief. »Wie gern würde ich das. Es wäre mir das Allerliebste. Für mich gibt's nur Zeichnen und Malen und nichts sonst auf der Welt. Aber mein Vater lässt es nicht zu. Er meint, dass der Sohn eines Müllers nicht taugt für diesen Beruf, und dabei hab ich ihm schon so oft die Geschichte von Meister Quentin erzählt, dem besten Freund meines Herrn. Zuerst hatte er das Schmiedehandwerk erlernt, und zum

Malen ist er gekommen, weil er sich in die Tochter eines Malers verliebte, deren Vater er beweisen wollte, dass mehr in ihm steckte als nur ein einfacher Schmied. Er hat bei ihm eine Lehrstelle angenommen und mit großem Eifer die Malerei studiert. Während einer Abwesenheit des Meisters malte er auf eines der Bilder eine Fliege, die so echt aussah, dass sein Herr sie, bevor er weitermalte, zu verscheuchen versuchte. Als er aber seinen Irrtum erkannte, rief er erstaunt: ›Ein guter Streich! Derjenige, der ihn mir gespielt hat, ist ein großer Künstler!‹ Da bekannte sich sein Schüler dazu, worauf er gleich die Erlaubnis erhielt, die Tochter zu heiraten. Kennst du ihn nicht, den Quentin Massys, den Maler des berühmten Johannesaltars in der Kirche zu unsrer Lieben Frau in Antwerpen?«

Ich erinnerte mich an ihn, weil in einem der Bücher, in denen ich Informationen über Meister Joachim gesucht hatte, auch etwas über ihn geschrieben stand.

»Sicher kennst du auch den berühmten Meister Albrecht aus Nürnberg, der sich fast ein ganzes Jahr hier aufgehalten hat? Einmal hat mein Herr mich ihm ausgeliehen, weil er jemanden brauchte, um Farben zu reiben. So hab ich ihn kennengelernt. Er hat mir für meine Dienste eine kleine, von einem Schüler gemalte Tafel geschenkt. Ach, wie ich diesen Schüler beneide!«

So hockten wir in der dunklen Kammer und unterhielten uns beinahe wie alte Freunde, ohne dass einer den anderen sehen konnte. In der Dunkelheit redet es sich gut. Da spricht man sich viel von der Seele, auch wenn man sich fremd ist.

»Warum bist du fortgelaufen, als ich bei euch anklopfte?«, fragte ich ihn, weil es mir eben einfiel.

Doch darauf erhielt ich keine Antwort. »Ich muss jetzt gehen«, sagte er nur. »Wenn du willst, kannst du mich morgen begleiten. Heute war ich nicht in der Werkstatt, weil ich mich krank fühlte, doch morgen ist Arbeitsbesprechung. Wäre das nicht eine gute Gelegenheit für dich, den Meister um eine Lehrstelle zu bitten? Ich muss nur vorher noch auf den Markt.«

Was der Sohn des Müllers mir mitgeteilt hatte, verstand ich erst richtig, als ich wieder allein in der Kammer war und mit weit offenen Augen in die Dunkelheit starrte. Hatte ich nicht selbst in Dürers Aufzeichnungen gelesen, dass Meister Joachim ihm einmal einen Knecht geliehen hatte, der ihm Farben reiben und auch sonst zur Hand gehen sollte? Dann war also Jan, der Sohn des Müllers, jener Knecht gewesen. Wenn ich meine Suche nach einer Erklärung des geheimnisvollen Todesfalls mit dem Umherirren in dem Labyrinth des Minotaurus verglich, dann hatte ich jetzt das Ende des Fadens der Ariadne in der Hand, der mir helfen könnte, den richtigen Weg zu finden.

Natürlich machte ich mir Gedanken über den Zufall, der mich noch vor Erreichen der Stadt mit einem jungen Mann zusammengeführt hatte, der mit dem Maler des Bildes in Verbindung stand. Bisher hatte ich Bücher, in denen die Auflösung einer Geschichte von einem oder mehreren Zufällen abhing, abgelehnt und den Autor der Verwendung billiger Tricks beschuldigt.

Doch dann fiel mir ein, dass es in diesem Fall möglicherweise ein Beweis dafür sein könnte, dass die vielen unerklärlichen, in dem Christophorusbild wiedergegebenen Szenen eben doch untereinander in einem mehr oder minder losen Zusammenhang standen. Offensichtlich war das, was im Hof der Mühle geschehen war, sowohl mit der Leiche am Ufer als auch mit dem Maler in Verbindung zu bringen. Eine Bestätigung dieser Überlegung könnte sein, dass viele Kunsthistoriker die Entstehung dieses Gemäldes mit Dürers Christophoruszeichnungen in Verbindung bringen, die er im Mai 1521 Meister Joachim schenkte.

Das bestärkte mich in meiner Entscheidung, Jan in die Stadt zu begleiten und durch ihn zu versuchen, in das Haus Joachim Patinirs zu kommen. Den Gedanken, ihn direkt auf das anzusprechen, was der Maler wiedergegeben hatte, verwarf ich gleich wieder, weil ich die Frage, woher ich mein Wissen hätte, aus verständlichen Gründen nicht beantworten wollte.

7

Ich kannte Jans Stimme. Seine äußere Erscheinung lernte ich am nächsten Morgen kennen. Wir schienen im gleichen Alter zu sein. Die eng zusammenstehenden, blassblauen Augen beobachteten lebhaft alles, was um ihn herum geschah. Seine etwas zu große Nase überragte ein verhältnismäßig kleines Kinn, das durch ein Grübchen in zwei Teile geteilt wurde. Über den halblangen, rötlichblonden Haaren trug er ein Barett aus braunem Tuch, und das am Hals gefältelte Leinenhemd wurde durch einen Gürtel zusammengehalten. Er wirkte blass und übernächtigt. Die tiefen Ringe unter seinen Augen verrieten, dass er nur wenig Schlaf gefunden hatte.

Wir verließen die Mühle am frühen Morgen.

Jans Mutter hatte uns noch ein gutes Frühstück zubereitet. Es gab für jeden eine dicke Scheibe geräucherten Speck und dazu Fladenbrot und Käse sowie heiße Milch, so viel man trinken wollte.

»Pass auf dich auf«, hatte die Mutter ihren Sohn zum Abschied ermahnt und ihm dabei kurz mit dem Handrücken über die Backe gestrichen. »Du weißt ja – der komische Kerl von gestern …« Sie vergaß, ihren Satz zu beenden, doch Jan schien sie auch so zu verstehen.

Der Müller sagte zu ihm: »Mach dir bloß keine Sorgen. Alles ist gut.«

Jan hatte zu allem nur mit dem Kopf genickt und sich dann einen Mantelsack über die Schulter gehängt.

»Komm«, sagte er zu mir. Ich bedankte mich bei seinen Eltern für ihre Gastfreundschaft und folgte ihm.

Es war ein schöner, klarer und windiger Samstagmorgen. Die warme Maisonne vertrieb das Frösteln der Nacht. Schon wenige Schritte nach dem Verlassen des Hofes erreichten wir das kleine Wäldchen, das zwischen der Mühle und dem Platz vor den Stadttoren lag.

Auf dich, Herr, hoffe ich, sangen die Stimmen, oder war es nur das Rauschen der Blätter, das mir wie ein Lied vorkam? Auf einem Baum in der Nähe flötete ein Pirol und die schräg einfallenden Sonnenstrahlen malten zitternde Lichtflecke auf den moosigen Boden.

»Magst du Musik?«, fragte ich Jan.

»Ja, auch«, erwiderte er. »Aber nicht so sehr wie die Malerei.«

Wir unterhielten uns eine Weile darüber. Ich erzählte ihm von meinen Malversuchen und dass ich mir von Kind an nichts anderes gewünscht hätte als Maler zu werden. Ihm ging es genauso, und das verband uns.

»Malt Meister Joachim mitten unter euch?«, fragte ich ihn.

»Ja«, sagte er und fügte nach einigem Zögern hinzu: »Meistens. In der Regel arbeitet er immer mit uns zusammen in der großen Werkstatt. Das ist erst seit einigen Monaten anders.«

»Seit wann?«

Jan überlegte. »Vielleicht seit dem Spätsommer letzten Jahres, vielleicht auch erst seit Beginn des Winters. Er ließ sich eines Tages eine große Holztafel herrichten und in ein Gemach bringen, das man von der Werkstatt aus über eine Treppe erreichen kann. Seitdem schließt er sich dort mehrere Stunden am Tag ein, und niemand darf ihn stören. Keiner von uns weiß, was er malt. Ein Auftragswerk ist es jedenfalls nicht.«

Während wir einige Zeit schweigend nebeneinander herliefen, fiel mir der tote Mann wieder ein und dass ich ja hier war, weil ich das Geheimnis um ihn aufklären wollte. Wieder schob ich den Gedanken beiseite, den Sohn des Müllers nach ihm zu fragen, denn wenn er wirklich etwas davon wissen sollte, dann würde er nichts sagen, weil er sonst leicht selbst in Verdacht kommen könnte. Ich musste versuchen, ihn auszuhorchen, ohne dass er etwas davon merkte, und außerdem musste ich den Maler des Bildes kennenlernen.

Nur das würde mir weiterhelfen. Das und nichts anderes.

8

Als der Wald lichter wurde und die ersten Häuser durch die Bäume zu erkennen waren, fuhr mir wieder der brandige Geruch in die Nase, der mir schon gestern aufgefallen war. Aber jetzt war es mehr ein kaltes Schwelen, mehr der Rest eines Qualms, der entsteht, wenn feuchtes Holz nachglüht.

»Hat es hier gebrannt?«, fragte ich Jan.

Er nickte. »Sie haben das Haus eines Ketzers angezündet.«

»Wer, sie?«

»Der Pöbel. Die Anhänger der Inquisition.« Sein Gesicht drückte Widerwillen, beinahe Ekel aus.

»Und wer war der Ketzer?«

»Nur ein einfacher Kaufmann, der auf einer Fahrt durch deutsche Lande den Luther predigen hörte. Und weil ihm seine Thesen gefielen und er niemanden fand, der sie ihm so widerlegen konnte, dass es ihn zu überzeugen vermochte, hatte er sich ihm angeschlossen.«

»Woher weißt du das? Kanntest du den Kaufmann?«

»Nur flüchtig, aber ich habe gehört, wie er mit Meister Joachim darüber sprach.«

»Und warum hat man ihm das Dach über dem Kopf angesteckt?«, fragte ich weiter. Da sah er mich verwundert an und meinte, dass ich wohl ziemlich weltfremd sei, denn im Allgemeinen würden sich doch andersdenkende Menschen überall unbeliebt und oft auch verdächtig machen, und wenn es sich, wie in diesem Fall, sogar noch um Glaubensdinge handele, dann bezichtige man sie schnell der Hexerei, zumindest aber der Gottlosigkeit. Gottlosigkeit und Hexerei unterstünden jedoch dem Inquisitionsgericht, welches vor zwei Tagen die Verhaftung des Kaufmanns befohlen habe.

»Das sprach sich herum, und kurz darauf rottete sich ein wilder, johlender Pöbelhaufen auf dem Platz vor dem Haus des Kaufmanns zusammen. Kaum hatte die Wache den Delinquenten abgeführt, loderten auch schon die ersten Flammen aus dem Gebälk. Wenn die Giebel der benachbarten Häuser nicht nach der neuesten Anordnung des Rats mit Zinnen versehen gewesen wären, die ein Überspringen der Funken erschwerten, hätte leicht eine verheerende Feuersbrunst entstehen können.«

»Hast du das alles gesehen?«

»Nein. Es geschah am Morgen, und ich war in der Werkstatt beschäftigt. Aber ich hörte das Gejohle der Massen, das Läuten der Feuerglocke und das Waffengeklirr der Wachsoldaten, die den armen Kaufmann in die Festung am Hafen brachten.«

Da vergaß ich mich und stellte ihm eine unüberlegte Frage: »Und was war mit den beiden Schiffen, die vor der Hafeneinfahrt zusammenstießen?«

Als er stehen blieb und mich überrascht ansah, erkannte ich meinen Fehler. Doch es war schon zu spät.

»Woher weißt du das?«, fragte er misstrauisch. »Hat sich die Nachricht darüber so schnell verbreitet oder bist du ein Spitzel im Dienste des Königs von Frankreich?«

Da fiel mir glücklicherweise der Segelmacher ein. Ohne die näheren Umstände zu erwähnen, erzählte ich Jan von der Begegnung und davon, dass er es ja wissen musste, weil er auf direktem Weg vom Hafen gekommen war. Meine Erklärung schien ihn zufrieden zustellen. »Ja«, sagte er. »Es war ein schrecklicher Tag. Schlimm genug, dass die Horden des Kaisers jeden, der ihnen jung und stark genug erscheint, zwangsweise rekrutieren, dass überall französische Spitzel unterwegs sein sollen und aufgebrachte Bürger das Haus eines Mannes anstecken, der es gewagt hat, anderer Meinung zu sein. Da müssen zu allem Unheil auch noch zwei Kapitäne aneinandergeraten, weil einer dem anderen die Einfahrt streitig zu machen versuchte, obwohl …« Er machte eine Pause.

»Was, obwohl?«, fragte ich.

»Das musste ja mal passieren. Die Fahrrinne ist schmal und die Kapitäne sind stolz. Es war schon lange vorauszusehen, dass irgendwann einmal zwei Schiffe gleichzeitig die Rinne erreichen und sich dann keinen Deut um die bestehenden Vorschriften kümmern würden.«

Das war eine einfache Erklärung. Ich ärgerte mich, dass ich nicht selbst darauf gekommen war.

9

Wir überquerten den Platz vor dem inneren Stadttor, auf dem sich am Vortag die Menschen zusammengerottet hatten. Dass sich auch außerhalb der Mauer Häuser befanden, war wohl ein Zeichen für den Reichtum der Stadt, die zu schnell wuchs und für die vielen Menschen, die dort leben wollten, nicht mehr genug Raum hatte.

Der festgestampfte lehmige Boden war mit abgebrochenen Lanzen, mit Schlagstöcken und Wurfsteinen übersät. Das Haus des Kaufmanns, dessen Giebelseite nur wenig beschädigt zu sein schien, war auf der Rückseite nur noch eine stinkende, qualmende Ruine, deren verkohlte Dachbalken anklagend in den Himmel ragten.

Jan führte mich durch das zinnengekrönte Stadttor. Er wollte zuerst auf den Marktplatz, weil ihn seine Mutter um einige Besorgungen gebeten hatte.

Die hohen, aus gebrannten Ziegeln gebauten Häuser ließen nur wenig Licht in die Gassen. Im Gegensatz zu dem Platz vor dem Stadttor waren hier die Straßen gepflastert, doch die schweren Fuhrwerke der Händler und Bauern hatten das Pflaster an vielen Stellen verworfen oder Rinnen hineingegraben.

Wie immer, wenn irgendwo ein Markt abgehalten wird, waren auch hier viele Leute unterwegs. Frauen mit Bündeln und Krügen auf den Köpfen, Männer mit hoch beladenen Karren und solche, die bepackte Esel vor sich hertrieben, natürlich auch Pferdefuhrwerke. Es stank nach Fischen und verfaultem Gemüse, nach Seetang, Pech und Kot.

Auf dem großen Marktplatz drängten sich die Menschen an Buden vorbei. Hausfrauen und Mägde kauften geschlachtete Hühner, Eier, Butter, Käse und was es sonst noch alles gab. Männer erhandelten Tuche, Geräte aus Eisen oder Töp-

1519

ferwaren, und dazwischen rannten Kinder und Hunde herum. Wir eilten an einigen Bäckereien vorbei, die nicht nur Weißbrot, sondern auch Brezeln und verschiedene Pasteten sowie gemahlenen Hafer für Mus feilboten. Bäuerinnen hockten hinter Körben voller Zwiebeln und getrockneter Bohnen. Einige Händler verkauften Wein aus südlichen Ländern. Bei den Fleischern hingen die riesigen Hälften von Rindern und Schweinen an eisernen Haken, und die Fischhändler riefen Stockfisch und Heringe aus.

Ich kam aus dem Staunen nicht heraus, während Jan hier einen Kamm und dort eine tönerne Schüssel, bei einem Mädchen eine Rolle Garn und bei einem Eisenhändler einige Nägel erstand und alles in seinen Mantelsack steckte.

Auf einmal entdeckte ich mitten im Gewühl den Mann aus der Einsiedelei, den der Fährmann Willem genannt hatte. Er stand bei zwei Mönchen. Alle drei steckten die Köpfe zusammen und tuschelten miteinander, als ob sie etwas zu bereden hätten, was sonst niemand hören sollte. Die Mönche trugen blaue Kutten und schwarze Kapuzen, genau wie Bruder Jacobus. Mir drängte sich der Gedanke auf, dass das die beiden Brüder Rentius und Paulus sein könnten, die das Floß mit dem Toten gehalten hatten, denn die Farbe ihrer Kutten ähnelte derjenigen auf dem Bild. Das Verhalten der drei verstärkte meinen Verdacht, sie könnten doch etwas mit der Leiche zu tun haben. Ab und zu sah sich nämlich der eine oder der andere misstrauisch um.

»Schau mal, die …!«, sagte ich zu Jan, zupfte ihn am Ärmel und wies mit dem Kopf in die Richtung der Männer.

Jan drehte sich um und erstarrte. Ein Schatten huschte über sein Gesicht, und er wurde blass.

»Das ist er …«, murmelte er tonlos, und dann meinte ich noch zu hören, dass er sagte: »So ist er doch hinter mir her.«

Doch ich hatte nicht den Eindruck, dass der schielende Mann ihm auf den Fersen war.

Es dauerte nicht lange, bis sich die drei wieder trennten und in verschiedenen Richtungen in der Menge der Marktbesucher verschwanden.

Jan und ich setzten unseren Weg fort, ohne uns weiter über sie zu unterhalten.

Ehe wir uns versahen, hatten wir eine Ecke des Marktes erreicht, in der Klöpplerinnen ihre Ware feilboten. Es waren spinnwebfeine Spitzen und kleine gestickte Borten, mit denen vornehme Damen ihre kostbaren Kleider verzieren ließen. Hier standen viele junge Mädchen vor den Ständen und prüften die Waren, ob sie frei wären von Knoten und anderen Unregelmäßigkeiten.

Waren die Marktfrauen, die wir bisher gesehen hatten, drall wie die runden Käse, die sie verkauften, so waren die Frauen hier fein, eher mit den Blumen vergleichbar, die manche Händler in großen Sträußen vor ihre Läden gestellt hatten. Eine fiel mir besonders auf. Nicht weil sie anders gekleidet gewesen wäre, denn sie trug wie die Übrigen auch einen weiten, senffarbenen, bis zu den Knöcheln reichenden Rock, darüber die Schürze der Hausfrau und über dem blassblauen Mieder ein Brusttuch. Heute kann ich es nicht mehr genau sagen, warum ich stehen blieb und gerade sie so anstarrte. Vielleicht war es die Neigung des Kopfes, die Linie des entblößten Nackens oder die goldene Haarsträhne, die der Wind unter der Haube hervorgezerrt hatte. Vielleicht auch die feine Hand mit den langen Fingern, die gerade ein Spitzentuch prüfte, oder das Lächeln, das sie der Frau schenkte, die viele mühevolle Stunden mit der Herstellung dieses Tuches verbracht haben musste.

Und als sie aufsah, weil sie meinen Blick spürte, streiften

ihre kühlen Augen mein Gesicht und wanderten weiter, und es kam mir so vor, als sei sie mit einem glühenden Pinsel über meine Haut gefahren, so rot wurde ich und so verlegen. Nur dass sie Jan, der hinter mir stand, kurz zunickte, fiel mir noch auf, und dann war sie, ohne das Tuch gekauft zu haben, mitsamt ihrem Einkaufskorb schon in der Menge verschwunden.

»Wer war das?«, fragte ich Jan.

»Das war Brigitta. Meister Joachims älteste Tochter«, sagte er.

»Hat er viele Kinder?«

»Bis jetzt sind es zwei. Brigitta und Anna. Sie sind von seiner ersten Frau. Doch Frau Francisca starb vor zwei Jahren, und im letzten Jahr heiratete er wieder. Frau Johanna ist gerade guter Hoffnung.«

Da fiel mir der Salamander wieder ein, das Sinnbild der in den Flammen des Fegefeuers sich verjüngenden Seele, weil nichts Neues sein kann, wenn das Alte nicht vergeht. Die eine Frau stirbt, und die zweite trägt bereits wieder ein Kind unter dem Herzen.

10

Wir verließen den Markt. Der Weg zum Haus Meister Joachims führte uns an der Kathedrale vorbei, deren aus der Ferne grau erscheinende Mauern bei Nahem besehen aus gelblich-braunen Sandsteinen bestanden. Die durch unzählige hochstrebende Halbsäulen, durch Spitzbogenfenster, Kreuzblumen und kleine Rosetten unterbrochenen Wände wirkten trotz ihrer Stärke fast so wie die Baumwollspitzen der Frauen, an deren Ständen wir gerade vorbeigekommen waren, ebenso filigran, ebenso leicht, ebenso durchbrochen, nur aus Steinen geschlagen und nicht aus Fäden geklöppelt. An allen Ecken und Kanten ragten die Schädel grässlicher Monster hervor, die das herabrinnende Wasser ableiten sollten, umso das poröse Gestein zu schützen. Voller Erstaunen entdeckte ich, dass außer dem auf dem Bild zu erkennenden Turm ein zweiter Turm im Bau, aber bisher noch nicht vollendet worden war. Dieser zweite, wie amputiert wirkende Turmstumpf sollte wohl einmal die südliche Ecke der Kirchenfassade begrenzen.

Vielleicht war den Bürgern das Geld ausgegangen?

Obwohl es noch ziemlich früh am Tag war, hatte der Mesner die mächtigen Tore bereits geöffnet. Durch die weit offenen Türflügel hörte ich einen Chor: *... doch in meinem Leide lief ich zu dir. Auf dich, Herr, hoffe ich,* sangen die Stimmen. Ich blieb kurz stehen und hörte ihnen zu. Doch dann kam mir diese Melodie auf einmal bekannt vor. Der Chor sang nämlich eines der vier Lieder Meister Josquins, die ich auf das endlose Band übertragen hatte. Wie konnte es geschehen, dass ich einen kurzen Augenblick lang nicht mehr in der Lage war, zu unterscheiden, ob das Lied, das ich hörte, hier und jetzt gesungen wurde, oder ob es eines der Lieder war, die der Kassettenrekorder in meinem Zimmer mit unermüdlichem Eifer wiederholte? Doch ich maß diesem Ereignis keine

Bedeutung bei, und wenn ich es getan hätte, dann hätte es an dem, was später geschah, auch nichts geändert.

Wir waren schon fast vorbei, als ich auf einmal einen kleinen Aufschrei hörte. »Du, Kerl, lass mich in Ruhe!«, rief eine wütende Stimme, und aus einem der großen Portale stürzte ein Mädchen heraus, stolperte, ließ den bis oben gefüllten Einkaufskorb fallen und rannte davon.

Erst auf den zweiten Blick erkannte ich, dass es Brigitta war, Meister Joachims älteste Tochter.

»Aber ich will dir doch gar nichts tun«, rief jemand hinter ihr her. Es war schon wieder der Mann, den der Fährmann Willem genannt hatte. Ich brauchte nur einen Schritt, um ihm Angesicht zu Angesicht gegenüberzustehen. Zum ersten Mal sah ich ihn so nahe, erkannte seine offene, die Lippe spaltende Scharte und das schielende Auge, das ihm immerzu in den Winkel rutschte, während das andere die Arbeit für zwei übernahm und mich mit durchdringendem Blick fixierte.

»He, kenn ich dich nicht?«

Und als ich ihm keine Antwort gab, dauerte es eine Weile, bis mich das Auge losließ und der Mann sich achselzuckend abwendete, um in die Kirche zurückzukehren, wo er im Halbdunkel des riesigen Innenraums untertauchte.

Erst danach spürte ich, dass mir mein Herz bis in den Hals schlug und meine Hände zitterten. Ich drehte mich um, weil ich Jan vermisste, doch der war plötzlich verschwunden, denn die Gasse hinter mir war leer.

Da blieb mir nichts anderes übrig, als mich zu bücken und Brigittas Sachen aufzusammeln. Ich packte sie in den Korb und hoffte, dass Jan wieder zurückkäme. Doch ich hoffte vergebens. Nach einer Weile gab ich das Warten auf. Ich fragte eine alte Frau nach dem Weg zum Haus Meister Joachims, den sie mir umständlich beschrieb.

Während ich ihrer Beschreibung zu folgen versuchte, überlegte ich mir, was den Sohn des Müllers wohl veranlasst haben könnte, mich so im Stich zu lassen. Offensichtlich hatte er große Angst vor diesem Willem. Zugegeben, er wirkte nicht gerade vertrauenerweckend, mit der Hasenscharte und dem schielenden Auge, den etwas hochgezogenen Schultern und der undeutlich krächzenden Stimme, die dem heiseren Gebell eines Kettenhundes ähnlich war. Doch das alles war kein Grund, um vor ihm davonzulaufen. Aus den Bemerkungen des Müllers schloss ich, dass dieser Mann, ebenso wie alle anderen, die auf dem Weg am Fluss entlang in die Stadt gehen wollten, durch den Hof der Mühle gekommen war. Was hatte er dort geäußert, das Jan so erschreckte? Und was hatte er mit den Mönchen zu tuscheln gehabt? Und überhaupt, wo war der Tote?

Ich lief durch die Stadt und achtete nicht darauf, dass mich einige Leute erstaunt betrachteten, weil ihnen ein junger Mann, der den Einkaufskorb eines Mädchens trug, in den ziemlich wahllos ein paar Klöppel, einige Köpfe Salat, ein sonnengelbes Fransentuch sowie eine Flasche Wein gesteckt worden waren, ein nicht alltäglicher Anblick zu sein schien. Ich eilte am Hafen vorbei und achtete weder auf die an der Kaimauer vertäuten Schiffe noch auf die federleichten Wolken am Himmel, die der Wind wie kleine Segelschiffchen vor sich hertrieb. Häfen hatten für mich sonst immer eine besondere Anziehungskraft besessen.

Ich hatte es eilig, Meister Joachims Haus zu finden, weil ich hoffte, dass dort meine Fragen beantwortet würden, weil ich Jan wiedersehen wollte und vielleicht auch Brigitta.

III. Meister Joachim

1

Meister Joachims Haus unterschied sich in nichts von den anderen Bürgerhäusern der Stadt. Es hatte eine Fassade mit Zinnen, die mich an Treppenstufen erinnerten, war dreigeschossig und aus großen Sandsteinblöcken erbaut. Ich fand es in einer Gasse in der Nähe des Hafens, in der es ziemlich ruhig zuging, da weder eine Schänke noch ein anderer Laden das Publikum anzog.

Ich zögerte einen Augenblick, bevor ich den großen Türklopfer hob und ihn gleich wieder fallen ließ, damit er mit seinem dumpfen Gedröhn melden konnte, dass draußen jemand Einlass begehrte.

Nach einer Weile näherten sich schlurfende Schritte. Ein schwerer Schlüssel drehte sich im Schloss, dann schlug ein Hebel zurück. Quietschend öffnete sich einer der hölzernen Flügel. Vor mir stand eine grauhaarige, alte Magd.

»Was gibt's?«

»Ich hätte gern …«, begann ich meinen vorher wohlüberlegten Satz, da griff sie schon nach dem Korb.

»Gib her! Der gehört der Jungfer Brigitta.«

Doch ich hielt ihn fest. »Ich hätte ihn ihr gern selbst übergeben!«

»Das könnte dir passen.« Sie zerrte und zog, aber ich gab nicht nach und umklammerte den Henkel, bis sie zu keifen begann. »Du Strolch, du Halunke, musst das arme Kind so erschrecken, und das alles nur, um jetzt einen Finderlohn zu erschleichen. Da könnte ja jeder kommen. Wenn du nicht loslässt, hol ich gleich die Wache! Lass los, sage ich, lass sofort los!«

Da eilte jemand mit polternden Schritten eine Treppe hinunter, und eine tiefe männliche Stimme rief. »Was gibt's denn, Martha? Brauchst du Hilfe?«

»Ach, Herr«, schrie die Magd. »Da ist so ein Kerl, der hat die arme Brigitta so furchtbar erschreckt, als sie aus der Kirche kam, dass sie ihren Korb fallen ließ und weinend nach Hause rannte. Und jetzt besitzt er auch noch die Frechheit, den Korb zurückzubringen und zu behaupten, er habe ihn gefunden, weil er dafür nun ein Trinkgeld kassieren möchte.«

»Das ist nicht wahr!«, hörte ich mich rufen. Im gleichen Augenblick schob eine kräftige Hand die Frau zur Seite, und aus dem Dunkeln der Diele trat ein Mann ins Licht. Es war Meister Joachim höchstpersönlich.

Ich erkannte ihn gleich. Es bestand kein Zweifel, denn es war derselbe Mann, dessen Porträt in meinem Buch abgebildet war. Er war nicht sehr groß, eher schmächtig, mit auffallend schrägen Schultern, über die der farbenbekleckste Kittel in weiten Falten herabhing. Unter dem fülligen Samtbarett lugten aschblonde, lockige, halblange Haare hervor. Die weit auseinander stehenden Augen musterten mich kühl und abschätzend.

»Was ist nicht wahr?«, fragte er mich.

»Das, was die Frau da behauptet!«, rief ich entrüstet. »Es ist eine Verwechslung. Ein anderer hat Eure Tochter erschreckt. Ich war es nicht. Und als sie davonlief und ihr Korb mit allen Sachen vor mir auf dem Boden lag, habe ich alles aufgesammelt und hierhergebracht.«

»Und wer hat dir gesagt, wohin du den Korb bringen musstest?«, wollte Meister Joachim wissen. Doch da war mir schon klar, dass ich nichts mehr zu befürchten hatte, denn seine Mundwinkel verzogen sich zu einem Lächeln.

»D-d-das hat mir Jan gesagt, der Sohn des Müllers«, stotterte ich verlegen. »Jan hat gesagt, dass das Mädchen Brigitta heißt und dass sie eine Tochter von Meister Joachim Patinir, dem Maler, ist.«

»Welcher Jan? Hier in der Stadt gibt's viele, die so heißen, und es gibt auch eine große Anzahl von Müllern, die Söhne haben.«

»Jan, Euer Knecht.«

Da drehte sich Meister Joachim um und befahl der hinter ihm wartenden Magd, dass sie ihm Brigitta herausschickte und danach noch Jan, damit sie das, was ich gesagt hatte, bestätigen könnten.

Brigitta kam aus der Küche. Sie war noch dabei, sich die Hände zu trocknen, als sie zu uns trat. Der Geruch nach Zwiebeln und ihr erhitztes Gesicht verrieten, dass sie am Herd gestanden haben musste.

»Ihr habt mich gerufen, Vater?«, sagte sie. Sie sah mich an, und ich erkannte sofort, dass sie sich an unsere Begegnung erinnerte.

»Kennst du diesen jungen Mann?«

»Er war mit Jan auf dem Markt«, sagte sie, ohne den Blick von mir abzuwenden.

»Hat er was mit dem Kerl zu tun, der dich vor der Kirche erschreckt hat?«

»Aber nein. Er kam dazu, als ich meinen Korb fallen ließ, und bringt ihn mir jetzt zurück.«

Da keifte die Magd dazwischen: »Warum nehmt Ihr ihn in Schutz, Jungfer Brigitta? Das war doch der Kerl, der Euch belästigt hat?«

»Ach, Martha, sei still! Ich muss das besser wissen als du.« Brigittas Stimme klang ärgerlich. »Du warst ja nicht mit.«

»Wo bleibt Jan denn? Hast du ihm nicht Bescheid gesagt?«, fragte Meister Joachim Martha.

»Doch, doch, er kommt gleich. War nur beim Aufräumen für die Arbeitsbesprechung«, erklärte die Alte.

»Und was machen Lucas, Veit und Jacob? Helfen sie nicht?«

»Doch, doch, aber Ihr kennt doch den Jan. Dem kann es niemand recht machen. Der räumt hinterher.« Und während sie das sagte, ging auf der Rückwand der Diele eine Tür auf und Jan kam heraus. Er sah bleich aus und so, als habe er Angst. Ohne ein Zeichen des Wiedererkennens streifte sein Blick mein Gesicht. »Ihr habt nach mir verlangt, Herr?«

»Kannst du bestätigen, dass dieser Junge bei dir war, als Brigitta von einem Mann belästigt wurde?«

»Ich kann es«, sagte Jan und fügte dann noch hinzu: »Er hat ihn vertrieben.«

»Und warum hast du das nicht gemacht?«

»Ich hab diesen Kerl ein Stück verfolgt, aber er ist mir entwischt.«

Da drehte sich Meister Joachim zu mir um und sagte: »Dann sind wir dir ja noch zu Dank verpflichtet, Junge. Wie ist dein Name?«

»Peter Stensbeck«, sagte ich, und den kleinen Vorteil ausnützend, den der Sohn des Müllers mir verschafft hatte, fuhr ich schnell fort: »Ich bat Euren Knecht, mich mit hierher zu nehmen, weil ich Euch fragen wollte, ob Ihr einen Lehrling braucht?«

»So, so«, sagte Meister Joachim, und jetzt lächelte er über das ganze Gesicht, sodass sich die kleinen Fältchen vertieften und die Augen alles erhellten. »Du möchtest das Malerhandwerk erlernen? Na, dann komm erst mal rein und lass Brigitta und die alte Martha wieder in die Küche gehen, sonst brennt noch das Essen an, und angebranntes Essen schmeckt uns nicht!«

»Dazu wäre es äußerst günstig, wenn mir der Junker Stensbeck meinen Korb zurückgeben könnte«, sagte Brigitta, und der Spott in ihrer Stimme war unüberhörbar. Ich spürte, wie mir das Blut ins Gesicht schoss, und reichte ihr schnell den

Korb. »Vielen Dank.« Sie nahm ihn mir ab, knickste vor mir, drehte sich um und eilte davon. Die alte Martha folgte ihr kopfschüttelnd.

Doch da drehte sich Meister Joachim um und schrie ihnen nach: »Ich hab den Onkel vorhin getroffen und ihn zum Essen geladen. Legt bitte noch ein Gedeck auf den Tisch!« Und ich hörte das Mädchen hinter der zugeschlagenen Tür fröhlich rufen: »Hast du's gehört, Anna? Onkel Quentin kommt heute zum Mittagessen!«

»Und was machen wir mit dir?«, fragte mich Meister Joachim schließlich, als im Haus wieder Ruhe eingekehrt war.

Ich sagte nichts. Auch Jan stand stumm da und starrte ins Leere. Meister Joachim dachte nach. Dann nahm er den Faden des Gesprächs wieder auf. »Du möchtest also Maler werden …«, sagte er und machte eine Pause, in der er ein Wort zu suchen schien. »Wie war doch dein Name – ach ja – Pieter. Stimmt's?«

Ich nickte.

»Gut. Dann schlag ich vor, dass du dir von Jan die Werkstatt zeigen lässt und auch gleich an der Arbeitsbesprechung teilnimmst. Anschließend kannst du mit uns zu Mittag essen. Das ist das Mindeste, was wir dir schuldig sind, nachdem du Brigitta geholfen hast. Über alles Weitere können wir später sprechen.«

Jan, der alles mit angehört hatte, drehte sich um und ging auf die Tür zu, durch die er gekommen war, ohne sich zu vergewissern, ob ich ihm auch folgte, während Meister Joachim in den oberen Stock zurückkehrte.

2

Die Werkstatt war ein großer Raum, der offensichtlich die gesamte Rückseite des Gebäudes einnahm. Das Licht fiel durch vier Fenster auf einen Arbeitstisch, der sich fast über die gesamte Länge des Zimmers erstreckte. In der Mitte des Raumes standen einige Bilder auf Staffeleien und an den Wänden Regale mit Flaschen und Tiegeln. Neben der Tür, durch die wir hereinkamen, befand sich eine weitere, die in einen kleinen Verschlag führte. Eine dritte war auf einer Galerie zu sehen, die man über eine schmale Treppe erreichen konnte. Als Jan und ich die Werkstatt betraten, befanden sich drei Gehilfen dort, zwei Jungen im Alter von ungefähr fünfzehn Jahren und ein Mann, der älter als Jan sein musste.

Über einem Stuhl hing ein schweres, sorgfältig drapiertes Tuch, das die beiden Jungen gerade zu zeichnen versuchten. Jan stellte sie mir als die Lehrlinge Jacob und Veit vor und den Mann als Lucas, der Knecht war wie er.

»Der Meister kommt gleich«, sagte er. »Seid ihr bereit?«

»Frag nicht so dumm«, antwortete der Junge, den Jan Veit genannt hatte. »Manchmal spielst du dich auf, als wärst du und nicht Lucas der Oberknecht.«

Doch Jan tat, als habe er den frechen Ton in der Stimme des Lehrlings nicht wahrgenommen. Er erklärte mir dieses und jenes, auch die Gemälde, die auf den Staffeleien standen, und zeigte mir zuletzt auch die Kammer. In ihr lehnten einige Holztafeln an den Wänden.

»Sind das alles fertige Bilder?«, fragte ich.

»Nein, nein«, erklärte er mir. »Das sind bloß grundierte Tafeln und Rahmen. Dort auf dem Tisch in den Kästen liegen Steine, die später zu Farben gerieben werden, und hier stehen Pinsel und anderes Werkzeug.« Seine Stimme klang unbeteiligt und müde.

»Sag mal«, begann ich, weil mir die Gelegenheit günstig erschien. »Was ist bloß los mit dir? Bist du krank? Oder hab ich was Falsches gesagt?« Doch ich war mir keiner Schuld bewusst.

»Ach, lass mich in Ruh«, knurrte er böse. »Ich mag nicht, wenn man mich ausfragt.«

Als wir in die Werkstatt zurückkamen, war Meister Joachim da. Er stand vor dem Arbeitstisch und begutachtete die Zeichnungen, die ihm seine Schüler vorgelegt hatten, lobte hier, kritisierte dort, nahm auch den Stift zur Hand, um ein wenig zu korrigieren, und ermahnte sie, fleißig zu üben, zu zeichnen, wo immer sie etwas fänden, das ihnen gefiele, denn sonst gelänge es ihnen nie, Meister zu werden.

»Wenn ihr euch je um die Aufnahme in eine Gilde bewerben wollt, müsst ihr einige Meisterstücke vorlegen. Das kann ein Marienbild sein, eine Kreuzigung oder die Bemalung einer hölzernen Figur, die ihr fassen, vergolden und lasieren müsst. Darüber hinaus will man vielleicht aber auch Zeichnungen mit dem Silberstift, Kupferstiche, Radierungen oder eine Probe eures Könnens in der Freskomalerei sehen. Eure Arbeit wird streng beurteilt werden. Nur die Besten erhalten den Meistertitel. Malen ist Leben, ist Sehen, Vermitteln von Bildern, die mehr als das Äußere wiedergeben. Der Betrachter eines Porträts soll nicht nur das Abbild eines Menschen, sondern auch seinen Charakter erkennen. Er soll je nach dem Inhalt des Bildes sich freuen oder traurig sein, sich fürchten oder leiden. Sein Auge soll nicht nur ungezwungen in der Harmonie des Ganzen umherschweifen können, sondern in ihm soll der Wunsch geweckt werden, zu beten oder Buße zu tun. Ein guter Maler muss in der Lage sein, die Jungfrau Maria so wiederzugeben, dass auch ein Ungläubiger das Bedürfnis verspürt, vor ihr auf die Knie zu sinken.«

Die beiden Lehrlinge hörten dem Meister zu, doch ich hatte den Eindruck, dass sie nur wenig von dem begriffen, was er ihnen verständlich zu machen versuchte.

Es hatte sich so ergeben, dass Meister Joachim, während er sprach, die Arbeiten seiner Schüler weiter korrigierte, hier einen Schatten vertiefte, dort eine Linie veränderte und dabei immer wieder den über den Stuhl drapierten Faltenwurf mit der vor ihm liegenden Zeichnung verglich. Hinter ihm standen die beiden Jungen und beobachteten das, was er tat, während Jan, Lucas und ich uns seitlich von ihm aufgestellt hatten.

Da erhob auf einmal Jan seine Stimme: »Darf ich auch etwas fragen?«

»Aber natürlich. Du weißt, dass ich mich über Fragen freue, gleichgültig, wer sie stellt, Knecht oder Lehrling. Fragen verraten Interesse.«

»Wenn ich die Tafeln betrachte, die zu Lebzeiten unserer Großeltern und Urgroßeltern gemalt worden sind, fällt mir auf, dass die Figuren fast immer das ganze Bild einnehmen. Nur selten ist ein Stück Landschaft zu sehen, oft nur durch ein winziges Fenster oder ein Loch in der Mauer. Eure Landschaften dagegen stoßen fast überall an die Ränder der Tafeln, und die Figuren sind oft so klein, dass man sie suchen muss. Sie wecken in dem Betrachter durch ihre Weite und Tiefe so etwas wie Fernweh, vielleicht auch den Wunsch zu reisen. Erlauben das Eure Auftraggeber?«

Damit sprach er aus, was ich selbst empfunden hatte, als ich diese Landschaften zum ersten Mal sah.

Doch Meister Joachim lachte darüber. »Die Zeiten ändern sich eben«, erklärte er. »Vor mehr als zweihundert Jahren malte ein Maler die Muttergottes fast immer vor einer goldenen Wand. Doch die Welt besteht nicht nur aus Gold und aus Wänden. Als die Künstler das erkannten, begannen sie ihre Figuren in Räume zu setzen. Aber ist ein Raum ohne Fenster nicht ähnlich der Zelle in einer Festung? Also begannen sie Öffnungen zu malen, durch die zuerst nur der Himmel und dann auch ein wenig von der Erde zu sehen war. Es war, als stiegen die Heiligen herab und begännen mitten unter uns zu leben. Inzwischen habt ihr sicher schon davon gehört, dass mutige Kapitäne auf der Suche nach einem Seeweg nach Indien und dem von Marco Polo so gerühmten Cathay viele neue Länder entdeckt haben. Sie berichteten nach ihrer Rückkehr, dass die Erde unendlich viel größer ist, als wir dachten. Das ist es, was ich auf meinen Bildern wiederzugeben versuche. Die Landschaft, das ist die Welt, so wie Gott sie erschaffen hat. Und der Mensch ist nur ein winziger Teil davon, auch wenn er ein Heiliger ist. Eine kleine Figur vermittelt dem Betrachter jedoch deutlicher die gewaltige Größe der Schöpfung als eine große. War es das, was du wissen wolltest?«

Jan nickte. » Ist das auch der Grund, warum Ihr das Querformat dem hohen vorzieht?«

»Das ist er. Ich will, dass der Blick nicht nur in die Tiefe dringt, er soll sich auch ausdehnen in die Breite und durch hochragende Bäume und Felsen zum Himmel gelenkt werden.«

Da mischte sich Jacob ins Gespräch: »Dann sind die großen Entdeckungsfahrten auch der Anlass dafür, dass die Flüsse in Euren Bildern fast immer ins Meer münden, und dass an ihren Ufern oft Städte liegen und große Häfen?«

»… und dahinter ein Ozean«, erklärte Meister Joachim weiter, »der ein Sinnbild für die Unendlichkeit und Allmacht Gottes ist. Denn wer einen Ozean zu überqueren versucht, begibt sich in Gottes Hand. Das kann dir jeder Seemann bestätigen.« Er schwieg.

»Ja, aber …«, begann Jan aufs Neue. »Manchmal sind Eure Landschaften düster und drohend. Gewitter stehen am Himmel, und über den Bergen blitzt es. Auf anderen ist der Himmel blau und freundlich, da zwitschern Vögel in den Ästen der Bäume und im Vordergrund blühen die Blumen.«

»Das hat mit dem Inhalt des Bildes zu tun.« Meister Joachim trat vor eine Staffelei. »Die Landschaft, in der Sankt Hieronymus lebt, ist eine Wüste. Sie muss anders sein als diese, in der einige Frauen den heiligen Antonius zu verführen versuchen, oder jene, in der Maria auf der Flucht nach Ägypten eine Rast einlegt.«

Während er sprach, ging er von Staffelei zu Staffelei und erklärte die Bilder, von denen die meisten auf ihre Vollendung warteten.

»Aber die Figuren des heiligen Antonius und der Frauen«, warf Veit ein, »die hat doch Meister Quentin gemalt und nicht Ihr? Von Euch war doch bloß die Landschaft?«

Da huschte ein Schatten über Meister Joachims Gesicht. »Das Wichtigste ist das Ergebnis«, sagte er still. »Auch wenn mehrere Maler zusammen ein Bild malen und niemand den Ruhm für sich allein in Anspruch nehmen kann.«

»Dann ist das auch der Grund, warum Ihr oft Aufträge von anderen Malern annehmt, so wie kürzlich den von Meister Joos aus der Grafschaft Cleve, der von Euch verlangte, nur den Hintergrund eines Bildes zu malen, weil Ihr das besser könnt als er. Er aber malte die Figuren und erntet jetzt den Ruhm«, sagte Lucas und fuhr sich mit beiden Händen durch die dunklen Haare. Meister Joachim war in der Zwischenzeit zum Arbeitstisch zurückgekehrt und stand nun mit dem Rücken zum Licht.

»Das ist nun mal so«, sagte er kurz, und das klang, als ob er das Gespräch nun beenden wolle. Doch dann fiel ihm noch etwas ein: »Was ich euch noch sagen muss, Veit und Jacob, ihr seid nun bald fertig mit eurer Lehrzeit und werdet euch auf die Wanderschaft begeben. Vielleicht führt euer Weg euch einmal über die Berge nach Rom. Dann studiert nicht nur die Bilder der dort lebenden Maler, sondern auch die Statuen der römischen Götter, das Licht und die Landschaft des Südens sowie die Ausgewogenheit der alten Tempel. Auch Meister Albrecht aus Nürnberg, der letztes Jahr hier war, reiste zweimal über die Alpen, um die Bilder der italienischen Meister zu betrachten, das eine oder andere Blatt zu kopieren und sich ausgiebig mit den Proportionen der menschlichen Figur sowie den Gesetzen der Perspektive zu befassen.«

»Wart Ihr auch in Italien?«, fragte ich ihn.

»Nein, nein. Mein Lehrmeister war Hieronymus Bosch, der vor sechs Jahren gestorben ist.«

»Der Teufelsmaler?«, entfuhr es mir.

»Genau der«, sagte Meister Joachim. »Er war mir ein guter Lehrer. In der Hölle kannte sich niemand so aus wie er. Mir kam es immer so vor, als sei er bereits zu Lebzeiten dort gewesen, so gut wusste er Bescheid. Nach seiner Beschreibung haben sich viele Maler gerichtet.« Während er sprach, nahm er eine Flasche hoch und hielt sie ins Licht. »Doch Meister Hieronymus war nicht mein einziger Lehrer, denn lernen kann man auch so, dazu braucht man nicht unbedingt in einer Werkstatt gearbeitet zu haben. Wie man es machen muss, lernt man auch durch das Studium der Bilder und durch Kopieren.«

»Und wer war noch Euer Vorbild außer Hieronymus Bosch?«

»Meister Quentin Massys zum Beispiel oder Meister Albrecht aus Nürnberg. Er ist der Beste diesseits der Alpen. Ach übrigens, Jan«, unterbrach er sich selbst. »Such mir doch bitte Meister Albrechts Zeichnung heraus! Du weißt schon, die mit den vier Christophorusfiguren. Vor zwei Tagen war ein Mann hier und wollte sie sehen.«

Da fuhr Jan so zusammen, als habe Meister Joachim ihn ins Gesicht geschlagen. »Die Zei-zeichnung«, stotterte er verlegen. »Ich weiß nicht, wo sie ist. Habt Ihr sie nicht zuletzt gebraucht, dort oben«, er blickte hinauf, »in Eurer Kammer?«

»Das stimmt, aber ich hab sie schon lang wieder heruntergebracht. Sie muss in einer der Mappen sein. Sieh bitte nach und leg sie mir auf den Tisch, damit ich sie finde, wenn der Mann wiederkommt!«

Von draußen aus der Gasse klang das Rollen von Rädern bis in die Werkstatt, und durch die Fenster flutete Licht in einem ständig steiler werdenden Winkel. Ganz langsam wanderte es von der Rückwand des Raumes über die Staffeleien auf den Arbeitstisch zu. Millionen und Abermillionen von winzigen Staubpartikeln wirbelten in den Strahlen herum, tanzten aufwärts und abwärts, kreiselten schwebend um sich selbst, bis sie sich schließlich als feine Schicht auf Bildern, Farbtöpfen, Tisch und Boden niederließen.

»Jan«, sagte der Maler, »könntest du mir bis zum Abend noch eine Tafel fertig polieren? Lucas will heim übers Wochenende, und die Jungen möchten zum Hafen, um sich die havarierten Schiffe anzusehen. Ich weiß ja, dass Samstag ist, aber es wäre dringend.«

»Selbstverständlich, Herr«, erwiderte Jan. »Soll ich auch noch das Bild firnissen, das Ihr da oben gemalt habt? Ihr erwähntet neulich, dass Ihr es beendet hättet.«

»Nein, nein, lass das! Das mache ich selbst.« Das kam so schnell, dass sich mir der Eindruck aufdrängte, er wolle das Bild niemandem zeigen.

In diesem Augenblick begannen die Mittagsglocken zu

läuten. Ihr Hall fing sich in den schmalen Gassen und toste und dröhnte so, dass eine Fortsetzung des Gesprächs unmöglich wurde, weil keiner des anderen Wort verstand.

Die beiden Lehrlinge benutzten sofort die Gelegenheit, sich ihrer Kittel zu entledigen, Lucas trug einige Gefäße in die kleine Abstellkammer und Meister Joachim stieg über die Treppe hoch auf die Galerie, wo er die schmale Tür aufschloss, die in sein geheimnisvolles Atelier führte.

Jan öffnete ein Fenster. Erst jetzt fiel mir der Geruch von Firnis und Farben auf, der den Raum erfüllte. In dem kleinen Hinterhof, auf den die Fenster führten, blühte eine Linde, in der einige Vögel sangen. Sobald die Glocken still waren, kam es mir vor, als flöteten die Amseln draußen in dem Baum ein Lied, das ich kannte:

… doch sie macht es nicht wie die Vögel,
die weiterfliegen, wenn sie ein wenig gesungen haben,
um ihr Lied an einem anderen Ort fortzusetzen.

Ich sah mich schnell um, weil ich wissen wollte, ob die anderen dasselbe hörten wie ich, doch allem Anschein nach vernahmen sie nur das Vogelgezwitscher und sonst nichts, was anders war als das, was sie immer hörten.

»Es ist Mittag«, sagte da jemand in meinem Rücken. »Das Essen steht auf dem Tisch. Wo ist der Vater?«

Brigitta war unbemerkt hereingekommen. Sie hatte sich eine frische Schürze umgebunden.

»Meister Joachim ist oben«, erklärte ihr Jan, doch da stand der Maler schon auf der Galerie und schloss die Tür hinter sich ab. Den Schlüssel versenkte er in einer der Kitteltaschen. »Seid ihr fertig? Ist Onkel Quentin schon da?«, fragte er.

»Er spricht mit Mutter.«

»Dann lasst uns gehen. Wir sind alle hungrig und freuen uns aufs Essen.«

3

Im Hause Patinir wurde in einem Raum gleich neben der Küche gegessen. Außer dem langen Tisch befand sich nur ein gemauerter Ofen darin.

Ohne die Magd waren wir zehn Personen. Auf einer der beiden Stirnseiten nahm Meister Joachim Platz, ihm gegenüber saß seine Frau Johanna, die schon bald ihr erstes Kind erwartete. Ganz im Gegensatz zu ihren Stieftöchtern Brigitta und Anna hatte sie ein blasses, madonnenhaftes Gesicht, große dunkle Augen und Haare in der Farbe junger Kastanien. Die leichten Schatten unter ihren Wimpern zeigten an, dass ihr das ungeborene Kind zu schaffen machte. Während des Essens sprach sie wenig, doch mir fiel auf, dass sie dem Gespräch zwischen ihrem Mann und Quentin Massys mit großem Interesse folgte. Ab und an veranlasste ein Wort von ihr, dass eines der Mädchen aufstand und Martha zur Hand ging, und einige Male fragte sie ihren Mann, seinen Gast oder mich nach unseren Wünschen.

Meister Joachim hatte Quentin Massys mit einer Handbewegung dazu eingeladen, sich rechts neben ihn zu setzen. Mir wies er den Platz an seiner linken Seite an. Neben mir saß Jan, ihm gegenüber Lucas, daneben Veit und neben Jan Jacob. Die beiden Schwestern Anna und Brigitta nahmen die Plätze rechts und links von ihrer Stiefmutter ein. Anna auf meiner Seite, Brigitta mir schräg gegenüber. Martha, die Magd, setzte sich nicht an den Tisch.

Vor jedem Platz stand eine kleine irdene Schüssel, daneben lagen ein Messer und ein hölzerner Löffel. Vor der Schüssel stand ein Trinkbecher aus Ton.

Bevor Martha die erste Schüssel hereinbrachte, gab Meister Joachim uns das Zeichen, noch einmal aufzustehen. »Da uns mein Freund Quentin Massys heute die Ehre gibt,

1521

gemeinsam mit uns zu Mittag zu essen, möchte ich euch ein Gebet vorsprechen, das ich bei Albrecht Dürer hörte!«

Er machte eine kleine Pause und fuhr dann fort:

»Oh, sei gegrüßt, Du Kreuz Jesu!
Wer Dir nicht glaubt, find't keine Ruh!
Ich bitt Dich, steh mir bei allzeit
wider die Welt, Fleisch und Teufels Streit,
und hilf mir in der letzten Not,
so scheidet mich der bitt're Tod!
Amen.«

»Amen!«, wiederholten alle und bekreuzigten sich. Danach erhob Frau Johanna ihre Stimme und sagte:

»Zwei Dinge, Herr, sind not,
die gib nach deiner Huld:
Gib uns das täglich Brot,
vergib uns unsre Schuld!«

»Amen«, sagten alle und bekreuzigten sich noch einmal. Danach setzten wir uns wieder hin, während Martha die Suppenschüssel auf den Tisch stellte. Sie holte zwei Krüge und schenkte ein. Meister Joachim und sein Gast erhielten Wein, alle anderen Wasser.

Während sie das tat, hatte ich Zeit, Meister Quentin näher zu betrachten. Ich schätzte sein Alter auf ungefähr sechzig Jahre. In meinen Büchern stand, dass er seit 1491 Meister in der St. Lukasgilde war, und seit der Fertigstellung des Annenaltars in der Kirche zu Löwen und des Johannesaltars in der Kathedrale zu Antwerpen war sein Name weit über die Grenzen der Niederlande hinaus bekannt. Er war ein großer, wohlgenährter Mann mit breiten, klobigen, an schwere Arbeit gewöhnten Händen. Die leicht angeschwollene Nase zwischen den schlaffen Tränensäcken und die wässrigen kleinen Augen, in deren Winkeln der Schalk blitzte, zeugten davon, dass er einem guten Trunk nie abgeneigt war. Beim Sprechen klang seine Stimme dröhnend, doch die Herzlichkeit in ihr war unüberhörbar. Meister Joachim behandelte ihn mit der Achtung und Zuneigung, die man einem väterlichen Freund entgegenbringt, und es war offensichtlich, dass Quentin Massys der Erste war, den er fragte, wenn er einen Rat brauchte.

Inzwischen hatte Frau Johanna die kleinen Schüsseln gefüllt. Der köstliche Duft nach einer Fischsuppe ließ mir das Wasser im Mund zusammenlaufen, und ich war froh, als auf ein Zeichen des Hausherren hin alle zu essen begannen.

»Wie geht es Frau Katharina und den Kindern?«, fragte Meister Joachim seinen Gast.

»Gott sei's gedankt, es geht gut«, antwortete Quentin Massys. »Cornelius und Jan arbeiten schon fleißig in der Werkstatt, und wenn mich nicht alles täuscht, könnten eines Tages tüchtige Maler aus ihnen werden.«

Eine Weile aßen sie schweigend weiter. Nach der Fischsuppe gab es gesottene Kuddeln mit Bohnen, und ich musste mich sehr überwinden, bevor ich den ersten Bissen versuchte. Doch die Mahlzeit war gut mit Pfeffer und verschiedenen anderen Kräutern gewürzt und schmeckte köstlich.

Danach begann Meister Quentin ein neues Gespräch. »Weil Ihr vorher Dürer erwähnt habt, fällt mir ein, dass ich Euch fragen wollte, ob auch bei Euch dieser Mann aus Tournai war, der in der Stadt herumrennt und Kunst kaufen möchte?«

»Meint Ihr Herrn Michel van Wulfen?«

»Michel van Wulfen, das ist richtig. Jedenfalls nannte er

sich so bei Tommaso Bombelli, dem Seidenhändler. Ob der Name stimmt, ist eine andere Sache.« Quentin Massys blies in die Schüssel, weil er Angst hatte, sich den Mund zu verbrennen. »Niemand weiß, in wessen Auftrag er handelt. Seit einigen Tagen erkundigt er sich bei jedem, der irgendwie mit Meister Albrecht zu tun hatte, ob er in seinem Besitz etwas hätte, das von seiner Hand sei, und ob er es ihm nicht verkaufen würde.«

»Ist das alles, was Ihr über ihn wisst?«

»Wisst Ihr denn mehr?«

Meister Joachim sah kurz zu seiner Frau hinüber, worauf sie nickte, als erlaubte sie ihm, zu reden.

»Da er seinen französischen Akzent beim Sprechen nur schwer unterdrücken konnte, sagte ich ihm auf den Kopf zu, er sei ein Franzose und möglicherweise sogar ein Spion. Daraufhin erschrak er sichtlich und zeigte mir ein Beglaubigungsschreiben, welches ihn tatsächlich als Franzosen auswies …«

»Also doch«, murmelte Quentin Massys und ließ sich von Martha Gemüsepasteten geben.

»In diesem Brief bestätigt ein Conte Louis Philippe de la Roche-Guyon, wohnhaft in dem Schloss Kerjean, das in der Bretagne liegen muss, die Mission seines Beauftragten Michel Leloup, der sich bei uns Michel van Wulfen nennen würde. Er solle in seinem Namen alles von Albrecht Dürer zu kaufen versuchen, was zu kaufen wäre, und den Besitzern jeden verlangten Preis zusichern. Dass dies möglichst geheim bleiben solle, begründet der Auftraggeber mit den zurzeit schwierigen politischen Verhältnissen, die zwischen Frankreich und den Niederlanden herrschen, doch er beteuert auch, dass der Anlass dazu nur seiner tiefen Verehrung des Nürnberger Meisters entspränge und dem Wunsch, möglichst viele seiner

Werke in seinen Besitz zu bringen. Der Sinn dieses Schreibens sei, Herrn Leloup zu legitimieren, falls er in den Verdacht der Spionage geriete, und ihn im Falle einer Verhaftung von diesem Verdacht zu befreien.«

Meister Joachim machte eine Pause, um Quentin Massys Gelegenheit zu geben, sich von seiner Überraschung zu erholen.

»Das wird ihm im Notfall nicht viel nützen«, sagte er schließlich. »Wer kennt hier schon einen Conte de la Roche-Guyon von Kerjean? Da könnte ja jeder kommen und so was behaupten. Habt Ihr Informationen, bei wem er noch war?«

»Bei Rodrigo Fernandez d'Almada, dem portugiesischen Faktor in der Langen Nieuwstraat, bei dem Faktor Francesco Pesao, der von Dürer ein kleines Kopfbild der heiligen Veronika gekauft hat, und sogar bei unserem Stadtschreiber Pieter Gillis.«

»Was wollte er denn von dem?«

»Wie Ihr ja sicher wisst, ist der Gillis mit dem Erasmus Rotteradamus befreundet. Dürer hat mehrere Male den Erasmus gezeichnet, und er hat ihm auch einige Kupferstiche geschenkt. Dieser van Wulfen, Leloup oder wie er sich sonst noch nannte, versuchte doch wirklich, Magister Gillis zu überreden, ihm das eine oder andere zu verkaufen.«

»Obwohl ihm die Blätter gar nicht gehören?«

»Natürlich jagte ihn der Stadtschreiber zum Teufel. Und außerdem hatte sich Erasmus Rotteradamus schon längst alles nachschicken lassen, seit er im vergangenen Jahr nach Basel gezogen ist«, erwiderte Quentin Massys kauend und versuchte, sich im Sitzen vor Patinirs Frau zu verbeugen, was sein Leibesumfang erschwerte. »Meine Hochachtung vor Eurer Küchenkunst, Frau Johanna, diese Pasteten sind köstlich.«

Erst in diesem Augenblick fiel mir auf, dass Jan nicht mehr weiteraß, obwohl sein Teller noch halb voll war. Er starrte ein Loch in die Luft, und sein Gesicht hatte den Ausdruck, den ich schon einige Male an ihm festgestellt hatte. Es war voll Spannung, gemischt mit Furcht und so, als wüsste er mehr über die Sache, als er zugeben wollte. Ich erinnerte mich daran, dass er bei den Begegnungen mit dem Willem und bei der ersten Erwähnung des Mannes, der Werke von Albrecht Dürer zu kaufen versuchte, ähnlich reagiert hatte, konnte darin aber keinen Zusammenhang erkennen.

Auch Brigitta folgte dem Gespräch mit großer Aufmerksamkeit. Einige Male öffnete sie den Mund, als ob sie etwas sagen wollte, doch dann besann sie sich anders und schwieg. Offensichtlich wagte sie es nicht, sich einzumischen. Ihre jüngere Schwester Anna, die ihr sehr ähnlich sah, unterhielt sich leise mit Frau Johanna.

»… wollte das Blatt sehen, das Meister Albrecht mir schenkte, das mit den vier Christophorusfiguren. Doch ich konnt's nicht gleich finden und hatte es auch eilig, weil draußen gerade die Feuerglocke läutete, und Ihr wisst ja, ein Brand in einer Stadt wie dieser ist wie eine Geißel Gottes. So vertröstete ich Herrn van Wulfen auf später.«

»Und?«

»Bis jetzt hat er sich nicht mehr gemeldet.«

»Wollt Ihr noch etwas Wein, Vater?« Brigitta stand hinter seinem Stuhl, und als Meister Joachim nickte, schenkte sie ein.

»Ihr auch, Onkel Quentin?«

»Mich brauchst du nicht zu fragen. Du kennst meinen Trinkspruch:

Es geht auf dieser grauen Elendswelt
wohl gar nichts ohne Sorgen um das Geld

und von dem Brot allein wird niemand satt im Darm.
Doch wenn man Wildbret hat und sich mit Wein
den Schlauch anfüllt und hinterdrein
noch ein vergnügtes Weibchen hält im Arm,
für den kann diese Welt zugrunde gehn,
er hat, und also lebt er angenehm.«

Danach lehnte er sich zurück, lachte dröhnend und schlug mit der Faust so auf den Tisch, dass der frisch eingeschenkte Wein aus den Bechern schwappte. Wir alle lachten mit, nur Frau Johanna schüttelte mit einem besorgten Blick auf die kleine Anna missbilligend den Kopf.

»Lasst das bloß keinen kaiserlichen Beamten hören«, rief Meister Joachim. »Und keinen Pfaffen. Dieser Villon war ein Galgenbruder. In seinen Versen lästert er nicht nur die Obrigkeit, auch die geistlichen Herren kommen nicht gut weg bei ihm, und außerdem war er ein Franzose. Solange Karl mit dem französischen König im Zwist liegt, ist es ratsam …«

»Ich weiß, ich weiß«, unterbrach ihn Quentin Massys fröhlich, zog ein Sacktuch aus der Tasche und wischte sich damit den Mund ab. »Aber ich mag die Lieder von Bruder François eben. Ihr werdet mich sicher nicht verraten.«

4

Inzwischen hatte Brigitta, ohne lange zu fragen, auch meinen Becher mit Wein aufgefüllt. Sie hatte sich einfach vorgebeugt und nach ihm gegriffen, und während sie das tat, konnte ich den feinen Haarflaum auf ihrem Arm erkennen, und ein köstlicher Duft von Lavendelblättern und frisch gewaschenem Leinen stieg mir in die Nase.

Schon bald fiel es mir schwer, der Unterhaltung zu folgen, und ich wusste nicht, ob es vom Wein kam oder von Brigittas Nähe. Ich erinnere mich nur noch daran, dass, während die Magd zum Abschluss der Mahlzeit Käse und Brot auf den Tisch legte, Quentin Massys mit Joachim Patinir neue Aufträge besprach. Sie betrafen die Hintergründe einiger Tafeln.

»Warum wollt Ihr mich dafür haben?«, fragte Meister Joachim.

»Weil niemand so schöne Landschaften malt wie Ihr«, erklärte ihm Quentin Massys. »Das haben auch viele andere schon erkannt. Zum Beispiel der Joos oder der Isenbrant.«

»Aber außer Euch gibt das niemand zu«, seufzte Meister Joachim.

»Gebt Ihr es gern zu, dass Eure Madonnen denen von Joos ähneln oder dass ich Euch manchmal zur Hand gehe?«

»Bei der Antoniustafel werde ich's tun.«

»Ja, aber nur bei der. Sonst nie.«

Meister Quentin hob den Becher und trank ihn in einem Zug leer. Allmählich rötete sich seine Nase. »Übrigens, hat sich dieser Augsburger Faktor, der Lucas Rem, auch bei Euch angesagt?«

»Vor einigen Tagen kam ein Brief, in dem er mir mitteilen ließ, dass er demnächst wieder herkommt. Er ist ein guter Kunde.«

»Herr«, unterbrach ihn da die Magd. »Alle sind fertig.«

Da stand Meister Joachim auf und alle erhoben sich mit ihm.

»Oh Herr, wir sagen tausend Dank
für alle Deine Gaben,
für Brot und Wein als Speis und Trank,
an denen wir uns laben.
Wir danken Dir für jeden Tag,
für Sonnenschein und Regen,
für Frieden und für sanften Tod
und Deine Hilfe in der Not,
Herr, gib uns Deinen Segen!
Amen!«

»Amen!«, wiederholten alle und bekreuzigten sich wieder. Etwas unbeholfen machte ich es ihnen nach.

»Nun, Frau Johanna«, sagte Meister Quentin, nachdem wir aufgestanden waren. »Wisst Ihr schon einen Namen für Euer Kind?«

Und als sie mit der Antwort zögerte, ermunterte sie ihr Mann: »Nun sag es ihm schon! Er ist unser Freund.«

»Wenn es ein Junge wird, soll er Quentin heißen, wie Ihr. Einem Mädchen wollen wir den Namen Petronella geben.«

»Dann hoffe ich, dass es ein Junge wird!«, rief Quentin Massys fröhlich. »Brigitta und Anna nehmen mir das hoffentlich nicht übel?«

Doch die Mädchen hatten das Zimmer bereits verlassen, um Martha in der Küche zu helfen. Auch Veit und Jacob verdrückten sich schnell. Der Samstagnachmittag gehörte ihnen, und Meister Joachim hatte ihnen ja erlaubt, zum Hafen zu gehen. Auch Lucas verabschiedete sich, weil er über das Wochenende seine Familie besuchen wollte. So blieben außer

Quentin Massys und Meister Joachim nur Jan und ich übrig, denn Frau Johanna hatte sich ebenfalls zurückgezogen.

Jan hatte etwas auf dem Herzen. Doch was es auch war, er kam nicht dazu, es loszuwerden, denn inzwischen hatte Joachim Patinir einen kleinen irdenen Krug aus der Küche geholt und zwei Zinnlöffel daraus gefüllt. Dem Geruch nach musste es Branntwein sein. Bei Meister Quentin, der den Löffel in einem Zug leerte, zeigte sich schnell die Wirkung.

»Also wisst Ihr«, polterte er los und rülpste. »Heut Morgen ist mir was Schönes passiert! Nein, schön kann man es eigentlich nicht nennen, denn wenn's wirklich wahr ist, ist es eine schlimme Sache.« Und er erzählte und erzählte, ohne darauf zu achten, ob sich irgendjemand dafür interessierte. »Ich komme so aus der Kirche, in die ich nur gehe, wenn es meine Frau von mir verlangt, da läuft mir ein riesiger Kerl über den Weg, ein Kerl mit einem Gesicht, so hässlich, wie eines nur sein kann – Ihr kennt ja meine Vorliebe für hässliche Gesichter. Sie lassen sich viel besser zeichnen als schöne. Also, ich konnte nicht anders und sprach ihn gleich an, bot ihm einen Heller, wenn er sich von mir zeichnen ließe, und nahm ihn gleich mit nach Hause, nachdem er damit einverstanden war. Während ich mit großer Genauigkeit seine gespaltene Oberlippe und das schielende Auge abkonterfeite, erzählte er mir, dass er Knecht in einem Kloster sei, welches ein gutes Stück flussaufwärts liegt. Jeden Samstag würde er zwei Mönche in die Stadt begleiten, wo sie Ablasszettel verkauften und von dem Erlös Lebensmittel erstanden. Die durfte er dann zurück ins Kloster schleppen. Zwei Nächte zuvor hatte er nur wenig Schlaf gefunden und war besonders früh aufgestanden, um noch ein wenig zum Fluss zu gehen und zu angeln, denn frühmorgens und spätabends beißen die Fische besonders gut und Fische isst er für sein Leben gern.«

Während sich Quentin Massys des Längeren und Breiteren über Fische ausließ, über ihre Zubereitung und ihren Geschmack, trat Jan von einem Fuß auf den anderen, weil er ganz offensichtlich etwas auf dem Herzen hatte, das er gern losgeworden wäre. Auch Meister Joachim hörte seinem Freund ziemlich zerstreut zu, dessen Erzählung ihm offensichtlich weitschweifig und langweilig zu sein schien.

»Also, wie er so am Ufer stand und seine Angel ins Wasser hielt«, fuhr Quentin Massys unbeirrt fort, »da fiel ihm auf, dass der Fluss über Nacht angestiegen war. Am Oberlauf musste es stark geregnet haben, und in der reißenden Strömung trieben viele Dinge daher, die seine Aufmerksamkeit erregten. Morsche Bäume, deren Äste wie Hilfe suchende Arme in den Himmel ragten, ein einzelner Schuh, ein toter Hund und unter anderem ein dunkler länglicher Gegenstand …«

Doch genau an dieser Stelle, an der ich aufzuhorchen begann, gelang es Joachim Patinir, Meister Quentin zu unterbrechen. »Erzählt es mir später zu Ende«, sagte er, »und kommt jetzt mit und seht Euch an, was ich Euch zeigen möchte und was mir den Schlaf raubt!«

»Eile mit Weile«, knurrte sein Freund. »Ich bin nicht mehr so jung wir Ihr.« Gerade wollte er mit ihm den Raum verlassen, als Jan die Gelegenheit wahrnahm und seinen Herrn am Ärmel zupfte. »Ihr wolltet, dass ich noch eine Tafel poliere. Darf Pieter mir helfen? Schließlich möchte er doch gern bei Euch in die Lehre gehen, da könnte er ja gleich einmal ausprobieren, ob ihm die Arbeit schmeckt. Und für mich wär's unterhaltsamer als allein.«

Das hatten wir nicht abgesprochen, doch mir war es recht. Und als Meister Joachim damit einverstanden war, folgte ich ihnen in die Werkstatt.

Während Quentin Massys hinter Joachim Patinir die Treppe zur Galerie erklomm, begann Jan mit den Vorbereitungen zum Polieren der Tafel, wobei ich ihm zusah, denn ich wusste noch nicht, auf welche Weise ich ihm helfen konnte.

5

Wenn ich die Gespräche, die in der Werkstatt und während des Essens geführt wurden, so genau wie möglich wiederzugeben versuche, dann tue ich das, weil sie mir für das Verständnis des Bildes äußerst wichtig erschienen. Ich war der Meinung, dass ich nur über dieses Verständnis die Möglichkeit erhalten würde, hinter das Geheimnis des Toten zu kommen.

Inzwischen hatte die Sonne ihren höchsten Stand überschritten. Die Werkstatt lag nun im Schatten, nur erhellt durch das auf die Rückwand des kleinen Hofes fallende Licht. Die Amseln hatten ihre Arien beendet, und außer den Geräuschen, die wir selbst verursachten, drang ab und zu das Murmeln Meister Joachims und seines Freundes durch die geschlossene Türe von der Galerie herunter.

»Hör mal«, platzte ich heraus, sobald ich mich vergewissert hatte, dass wir wirklich allein waren. »Der riesige Kerl mit der Lippenspalte und dem schielenden Auge, von dem Meister Quentin eben sprach, war das nicht auch der, der Brigitta vor der Kirche so erschreckt hat?«

Beinahe hätte ich »der Willem« gesagt, doch gerade noch rechtzeitig fiel mir ein, dass es besser war, nicht zuzugeben, ihm in Bruder Jacobus' Einsiedelei begegnet zu sein. Leider hatte sich Jan gerade abgewendet, als er »schon möglich« sagte. Ich hätte gern sein Gesicht gesehen. Doch ich ließ nicht locker. Kennst du ihn?«

»Vielleicht, vielleicht auch nicht.« Doch dann fiel ihm selbst auf, wie mürrisch er war, und er fügte hinzu: »Wer in die Stadt will, muss durch den Hof unserer Mühle. Was weiß ich, da kann man sich nicht an jeden erinnern ...«

Da beschloss ich, nicht weiter in ihn zu dringen, denn seine

Furcht schien immer noch größer zu sein als das Bedürfnis, sich mitzuteilen.

Ich half ihm, so gut ich konnte, beim Herrichten der hölzernen Tafel. Wir sollten den vor einigen Tagen aufgetragenen Kreidegrund glätten und schleifen, denn seine Oberfläche war rau und uneben.

»Sie muss lange bearbeitet werden«, erklärte mir Jan, »bis sie bereit ist, die Vorzeichnung aufzunehmen.«

Eine Weile arbeiteten wir schweigend, das heißt, meistens stand ich nur da und beobachtete, was Jan machte. Ab und zu holte ich ihm ein Werkzeug aus der kleinen Kammer. Dann beschrieb er mir genau, wie es aussah und wo ich es suchen musste. Seine Hände waren flink. Sie waren diese Arbeit Handgriff für Handgriff gewöhnt. Sie gingen behutsam, fast zärtlich mit der Tafel um.

Irgendwann fragte ich ihn, ob er wisse, an was Meister Joachim da oben male. Doch er schüttelte bloß den Kopf. »Nein«, sagte er. »Das darf niemand sehen, nicht einmal Frau Johanna oder die Mädchen. Was ihn heute veranlasst hat, Meister Quentin die Tafel zu zeigen, weiß ich auch nicht.« Danach arbeitete er lange wortlos weiter.

Nach einer Weile, als ich die Stille nicht mehr ertrug, bat ich ihn, mir zu erklären, aus welchem Holz diese Tafel sei und was weiter geschehe, nachdem man die Vorzeichnung auf sie übertragen hätte.

»Das Holz dieser Tafeln ist aus dem Stamm uralter Eichen. Es muss hart und widerstandsfähig sein, haltbar bis in alle Ewigkeit. Deshalb wird es erst viele Jahre gelagert, bevor wir es zuschneiden und grundieren. Nach dem Grundieren überträgt einer von uns den von dem Meister fertiggestellten Entwurf und zieht die Linien mit einer Feder oder dem feinen Pinsel nach. Darüber legen wir eine durchsichtige Farbschicht, meist in Ocker oder einem ähnlichen Ton. Danach beginnt der Meister mit seiner Arbeit. Er fängt mit Weiß an und setzt es so, wie das Licht auf die Szene fallen soll, lasiert dann mit Farbe und wieder mit Farbe, legt eine Schicht über die andere, sodass jeder Gegenstand den richtigen Farbton erhält und die Landschaft mitsamt den Figuren plastisch hervortritt oder zurückweicht, genau wie er es geplant hat.«

»Und die Farben? Stellt ihr die selbst her?«

»Die Farben sind Pulver aus den verschiedensten Steinen, die seit ewigen Zeiten im Boden geruht haben, bevor sie irgendjemand herausholt, ein anderer sie reibt und mit Tempera oder Leinöl vermischt, damit dann schließlich ein Maler mit ihnen den roten Mantel der Muttergottes, den strahlenden blauen Himmel, die grüne Wiese und all das andere malen kann, das er gern malen möchte.«

Da drängte sich mir der Vergleich mit der Erschaffung der Welt auf. Schuf ein Maler nicht mit den aus uraltem Gestein hergestellten Farben Himmel und Erde? Ließ er nicht Licht werden, das sich oft in wunderbar durchsichtigem Wasser spiegelte, pflanzte er nicht mit dem Pinsel Bäume und Blumen, gab er nicht Tieren und Menschen Gestalt?

Und das alles auf einem durch Wind und Wetter gehärteten Holz, in das die Zeit Ringe gegraben hatte? Diese Verwandlung war fast ein magischer Vorgang und beinahe so etwas wie Zauberei.

Das Öffnen einer Tür unterbrach meine Überlegung. Quentin Massys und Joachim Patinir betraten die Galerie.

»... und Ihr meint, es hat nichts zu bedeuten, dass einiges von dem, was ich vor mehr als einem halben Jahr so lebhaft träumte, dass es mir beinahe wie eine Vision erschien, vor zwei Tagen wirklich geschah?«, sagte Meister Joachim gerade, ohne darauf zu achten, dass Jan und ich alles mithören konnten.

»Was regt Euch das auf?«, erwiderte Meister Quentin, und seiner Stimme war anzuhören, dass er dabei lächelte. »So etwas kann doch alle Tage passieren. Das könnt Ihr nicht als Vision bezeichnen. Es ist Zufall, nichts weiter.«

»Aber was ist, wenn auch das andere wahr wird, das Schreckliche …?«

Da lachte Meister Quentin. »Wahrscheinlich hattet Ihr etwas zu schwer zu Abend gegessen. Das ist alles.« Er lehnte sich an das Geländer der Galerie, während Joachim Patinir hinter ihnen abschloss. »Ihr habt Euch von Meister Hieronymus beeinflussen lassen, der sich seine Angst vor der Hölle von der Seele zu malen versuchte. Jeder erkennt ja gleich, dass Ihr sein Schüler gewesen seid. Eure Art, Häuser und Bäume zu malen, Eure Tiere, die einem Albtraum entsprungen sein könnten, Eure Weite, das Licht, die ganze Komposition zeugen von dem Meister aus Herzogenbusch. Er übertreibt, und seine Fantasie entfernt sich weit von dem, was ein Mensch begreifen kann. Ihr dagegen seid viel teuflischer als er, weil sich Eure mörderischen Erfindungen nicht so weit von der Wirklichkeit entfernen wie seine. Vielleicht kommt es daher, dass Ihr manchmal selbst glaubt, dass das, was Ihr malt, geschehen sein könnte oder erst noch geschehen wird. Doch ich bin sicher, dass Eure Vision nur eine Einbildung war.«

Meister Joachim kam hinter ihm die Treppe herunter.

»Ich bin sehr neugierig, was Ihr mit dieser Tafel anfangen wollt«, fuhr Quentin Massys fort. »Ihr hattet ja keinen Auftrag für sie.«

»Ich will sie dem Lucas Rem zeigen, wenn er aus Augsburg anreist. Er hat schon früher Bilder bei mir gekauft.«

»Da wünsch ich Euch, dass er sie nimmt. Sie wird nicht

leicht zu verkaufen sein. Aber tröstet Euch, einmal wird eine Zeit kommen, und das kann schon bald sein, in der ein Maler nur das malt, was ihm gefällt, Landschaften, Stillleben, ländliche Szenen, und das alles, ohne einen Auftrag dazu erhalten zu haben. Wenn seine Bilder nur gut sind und dem Geschmack der Zeit entsprechen, dann bringt er sie auch so an den Mann.«

Als sie die Werkstatt durchquerten, trat Meister Joachim für einen Augenblick zu uns und fuhr mit dem Finger über die Tafel, die Jan gerade bearbeitete. »Gut so«, lobte er ihn. »Mach weiter!« Er zog sich den Kittel aus und hängte ihn an den Haken, wobei ihm einfiel, dass ich auch noch da war. »Du willst also bei mir Lehrling werden?« Dabei sah er fragend zu mir herüber und fuhr fort, als ich nickte: »Aber ich nehme erst im nächsten Frühling wieder Lehrlinge an. Dann beenden Veit und Jacob die Lehrzeit. Wenn du so lange warten kannst, will ich deine Bewerbung gern annehmen.« Danach verließ er zusammen mit Meister Quentin die Werkstatt.

6

Während Jan fleißig weiterarbeitete, stand ich wie zu Stein erstarrt mitten im Raum und konnte keinen klaren Gedanken fassen. War es möglich, dass ein Mensch aus dem zwanzigsten Jahrhundert bei einem Maler des sechzehnten in die Lehre gehen konnte? Träumte ich das alles bloß oder war mein früheres Leben, meine Mutter, die Schule und alles andere der Traum und das hier die Wirklichkeit? Was war doch der Anlass für dieses Abenteuer gewesen? Und gleich darauf erinnerte ich mich wieder an das Bild mit dem heiligen Christophorus und dem Toten am Fluss.

Ich überlegte so hin und her, als mein Blick plötzlich auf Meister Joachims Malerkittel fiel, der immer noch auf dem Haken hing. Da fragte ich mich, ob er wohl den Schlüssel wieder in die Tasche gesteckt hatte, den Schlüssel zu der Tür, die in die kleine Kammer auf der Galerie führte. Es interessierte mich, was er so sorgsam vor aller Augen verbarg. Deshalb fasste ich einen Entschluss: Ich wollte versuchen, in diese Kammer zu gelangen, um einen Blick auf das geheimnisvolle Gemälde zu werfen. Vielleicht würde mich das weiterbringen? Schaden konnte es jedenfalls nichts.

Während ich Jan weiter so gut wie möglich zur Hand ging, überlegte ich, wie ich es anstellen könnte, diesen Entschluss in die Tat umzusetzen. Und als ich wieder einmal in den kleinen Verschlag geschickt wurde, um einen anderen Spachtel zu holen, beschloss ich, mich am Abend dort zu verstecken. Dann könnte ich in der Nacht den Schlüssel aus dem Kittel holen und mich nach oben schleichen, um mir das Bild anzusehen. Ich müsste nur auf eine Gelegenheit warten, die mir die Möglichkeit gäbe, noch einmal in die Werkstatt zurückzukehren, nachdem ich sie mit Jan schon verlassen hatte.

Wir waren beim Aufräumen. Jan lehnte die halb fertigen

Bilder, die nicht auf den Staffeleien standen, mit der bearbeiteten Fläche gegen die Wand. Ich reinigte zuerst die Spachtel und kehrte anschließend den Sand zusammen, der durch das Schleifen des Kreidegrundes auf den Boden gefallen war. Da kam auf einmal Brigitta herein.

»Der Vater schickt mich«, sagte sie zu Jan. »Du sollst nicht vergessen, die Zeichnung von Meister Albrecht zu suchen und ihm auf den Tisch zu legen. Er möchte sie gern Herrn van Wulfen zeigen, falls er noch einmal kommen sollte!«

»Vergess es schon nicht«, knurrte Jan schlecht gelaunt, ohne sie anzusehen. »Aber ich hab ihm ja gesagt, dass ich nicht weiß, wo sie sein könnte.«

Brigitta lächelte mich an, als ob sie mich für sein schlechtes Benehmen um Verzeihung bitten wollte. Für einen Moment kreuzten sich unsere Blicke. Das war wie eine unsichtbare Verbindung. Heute würde ich sagen, dass ich mich damals in Brigitta verliebte, doch das wurde mir erst sehr viel später bewusst.

»Bist du zum ersten Mal hier?«, fragte sie mich, und es kam mir so vor, als stellte sie diese Frage nur, um das Schweigen zu überbrücken, das sich zwischen uns auszubreiten drohte. »Deinen Kleidern nach bist du ein Segelmacher. Warst du auf See?«

»Bis jetzt noch nicht«, erklärte ich ihr. »Ich hab den Beruf nur erlernt, weil meine Eltern es von mir verlangten, denn eigentlich wollte ich schon immer ein Maler werden, so einer wie Euer Vater einer ist.« Die Schwindelei kam mir glatt über die Lippen.

»Warst du früher schon einmal hier?«

»Nein. Von der Stadt kenne ich bloß den Marktplatz und den Weg bis hierher.«

»Dann lass sie dir doch von Jan einmal zeigen!«

»Hab was Besseres zu tun als das«, knurrte der Knecht.

Da drehte sich das Mädchen um und sagte: »Na dann, mach's gut! Vielleicht sehen wir uns morgen in der Messe? Guten Abend.«

Mit diesen Worten ging sie hinaus und ließ uns allein. Zumindest mich ließ sie in großer Verwirrung zurück. Jan jedoch schien aus einem mir nicht erklärlichen Grund ziemlich verärgert.

7

Erst als Brigitta uns einen guten Abend gewünscht hatte, wurde mir klar, dass der Tag seinem Ende zuging. Für Jan war es höchste Zeit, sich auf den Weg zu machen, wenn er noch vor Einbruch der Dunkelheit die Mühle erreichen wollte. Und weil morgen Sonntag war, würde er wohl nicht vor Montag in die Werkstatt zurückkehren.

»Besuchst du auch am Sonntag die Messe?«, fragte ich ihn.

Er sah mich erstaunt an. »Aber natürlich.«

Als wir den Raum verließen, vergewisserte ich mich schnell, ob Meister Joachims Kittel noch an seinem Platz hing. Ob der Schlüssel noch in der Tasche steckte, wusste ich nicht. Ich konnte nur hoffen, dass der Meister, abgelenkt durch das Gespräch mit Quentin Massys, ihn dort vergessen hatte. Wir gingen auf dic Haustür zu, ohne jemandem zu begegnen. Erst kurz bevor wir die Gasse betraten, tat ich, als ob mir was einfiele.

»Ich muss noch mal schnell zurück«, rief ich Jan zu. »Hab was vergessen. Geh schon, wir sehen uns morgen!«, drehte mich dann um und rannte zurück, ohne ihm Gelegenheit zu geben, sich zu erkundigen, was ich denn in der Werkstatt hätte liegen lassen können, wenn ich doch überhaupt nichts mitgebracht hatte. Auch wo ich die Nacht verbringen wollte, hatte er mich nicht gefragt.

Immer noch war der Hausgang leer. Hinter den Türen war alles still. Auch von den oberen Stockwerken drang kein Laut bis zu mir herunter. Quentin Massys war wohl schon gegangen.

Leise öffnete ich die Türe zur Werkstatt und machte sie ebenso vorsichtig wieder zu, nachdem ich den Raum betreten hatte. Meine erste Sorge war, nachzusehen, ob der Schlüssel zu der Kammer auf der Galerie noch in Meister Joachims Kittel steckte. Doch beruhigt stellte ich fest, dass er da war, denn ich fühlte ihn durch den Stoff.

Danach huschte ich in den kleinen Verschlag, in dem Werkzeug und Farben aufbewahrt wurden. Dort kauerte ich mich auf den Boden, um so lange zu warten, bis alle Bewohner des Hauses zu Bett gegangen waren. Erst dann konnte ich mich über die Treppe nach oben schleichen, um mir das Bild anzusehen, das der Maler bis jetzt so ängstlich vor fremden Blicken gehütet hatte.

Obwohl meine Stellung sehr unbequem war, beglückwünschte ich mich schon bald zu meiner Vorsicht, als ich hörte, dass kurz nach mir jemand die Werkstatt betrat und darin herumhantierte. Mein Herz klopfte mir bis zum Hals und ich überlegte mir eine Ausrede für den Fall, dass mich jemand entdecken würde. Ich hörte merkwürdig schleifende Geräusche und das Rücken von Hockern und Staffeleien. Erst leises Gemurmel brachte mich auf den Gedanken, dass es Martha sein könnte, die den Boden fegte.

Es kam mir wie eine Ewigkeit vor, bis sie fertig war und die Werkstatt wieder verließ, denn was hätte sie daran gehindert, herumstehende Gefäße in den Verschlag zu bringen? Doch der ordnungsliebende Jan hatte glücklicherweise so gründlich aufgeräumt, dass ihr nichts in die Quere kam, was weggestellt werden musste.

Dann wurde es wieder still. Ich öffnete die Tür einen Spalt und sah, dass sich hinter den Fenstern allmählich die Dunkelheit breitmachte. Gerade noch rechtzeitig fiel mir ein, dass ich eine Lampe suchen musste, denn ohne sie würde ich wohl kaum viel von dem Bild sehen. Ich brauchte nicht lange, um eine zu finden, denn auf dem Sims eines der Fenster stand ein kleines mit Öl gefülltes Schüsselchen, das wohl als Lampe diente. Neben ihm lag ein Feuerstein. Doch ich war schrecklich enttäuscht, feststellen zu müssen, dass es mir nicht gelang, das Öl zu entzünden. Aber das entmutigte mich nicht. Ich musste eben warten, bis die erste Dämmerung den Raum erhellte.

8

Mit abnehmendem Licht wuchs meine Angst, aus Versehen an eines der auf den Staffeleien stehenden Bilder zu stoßen, sodass es herunterfiele. Nachdem es so dunkel geworden war, dass ich fast nichts mehr sehen konnte, schärfte sich nicht nur mein Gehör, sondern auch alle meine anderen Sinne.

Die Werkstatt lag auf der Rückseite des Hauses, sodass nur selten Straßengeräusche zu vernehmen waren, höchstens ab und zu Hufgetrappel sowie das Rollen eines Wagens und natürlich die Glocken der Kathedrale. Doch jetzt hörte ich sogar das Huschen der Mäuse und das Summen einer sterbenden Fliege. Außerdem fiel mir, wie schon am Anfang, der durchdringende Firnisgeruch wieder auf, gemischt mit dem Geruch anderer, mir unbekannter Essenzen.

Erst als ich sicher war, dass die Magd nicht zurückkam, wagte ich mich aus dem Verschlag heraus. Vorsichtig tastete ich mich bis zu der Stelle, an der Meister Joachims Kittel hängen musste.

Ich fand ihn nach einer Zeit, die mir ewig erschien. Dass die Nacht erst begann, erkannte ich an den Glocken der Kathedrale. Vier dunkle Töne zeigten die volle Stunde an, zehn helle die Uhrzeit.

Als ich den Stoff des Kittels unter meinen Händen spürte, suchte ich die Öffnung der Tasche, die sich zwischen seinen Falten verbarg, und zog den Schlüssel heraus.

Im selben Augenblick ertönte draußen ein lautes Hornsignal. Der Schreck fuhr mir in die Glieder, und mein Herz hörte für einen kurzen Moment zu schlagen aus. Ich glaubte mich entdeckt, zitterte, stolperte und hätte beinahe mein Gleichgewicht verloren.

Gleich darauf erhob sich eine laute, fast ein wenig grölende Männerstimme und sang ein Lied, dessen Worte ich zuerst nur ungenau, schließlich aber doch zu verstehen vermochte. Es lautete etwa so:

»Höret ihr Herre und lasset euch sagen,
die Glock' hat eben zehn geschlagen!
Zehn Gebote setzt Gott ein,
gib, dass wir gehorsam sein!
Menschenwachen kann nichts nützen,
Gott muss wachen, Gott muss schützen.
Herr, durch deine Güt' und Macht,
gib uns eine gute Nacht!«

Danach erklang wieder das Horn, doch so, als entferne sich der Bläser. Nach einigen Minuten verebbte der Klang in der nächsten Gasse, und die Stille kehrte zurück.

Allmählich beruhigte ich mich wieder, und ich begann mich selbst auszulachen, weil ein Nachtwächter mir einen so großen Schrecken einjagen konnte.

Solange es stockfinster war, getraute ich mich nicht, etwas zu unternehmen. Also hockte ich mich irgendwo auf den Boden, lehnte meinen Rücken an die Wand und versuchte, ein wenig zu schlafen.

Doch meine Gedanken kamen nicht zur Ruhe. Die Nacht in der Mühle fiel mir wieder ein und wie sich Jan damals in meine Kammer geschlichen hatte. Was war seitdem alles geschehen! Es kam mir vor, als seien inzwischen viele Wochen vergangen. Ich versuchte, mich an jedes Ereignis des vergangenen Tages zu erinnern. Als mir das Mittagessen in den Sinn kam, fiel mir auch die Geschichte, die der schon leicht angetrunkene Quentin Massys zu erzählen versuchte, wieder ein. Leider hatte ihn Meister Joachim dabei unterbrochen, sodass wir nicht erfuhren, was so schlimm daran gewesen war. Als mir das alles so durch den Kopf ging, dachte ich an die auf dem Bild dargestellte Szene in der Mühle, in der sich zwei Männer über einen dritten beugten, der am Boden lag. Ich war von der Annahme ausgegangen, dass das eine Mordszene war. Damals in der Nacht kam mir zum ersten Mal der Gedanke, dass der längliche Gegenstand, den der Klosterknecht im Wasser treiben sah, das Opfer dieses Mordes gewesen sein könnte, obwohl es mir unbegreiflich schien, warum sie so weit flussaufwärts im Wasser trieb. Doch auf dem Gemälde standen die beiden Mönche bei dem Toten und nicht dieser Klosterknecht, und ich konnte mir auch nicht erklären, warum die Leiche auf das schmale Floß gefesselt worden war und wer ihr den Zettel unter den Gürtel gesteckt hatte. Was mich aber noch viel mehr interessierte, war, ob der Müller und sein Sohn etwas mit dem Tod des Mannes zu tun gehabt hatten und ob sie die Mörder gewesen waren? Jan traute ich so etwas eigentlich nicht zu, doch er war sichtlich verstört, als habe er Schreckliches erlebt und Angst vor einer Entdeckung. Auch den Müller konnte ich mir nicht gut als Mörder vorstellen. Er hatte das gutmütige Gesicht eines Mannes, der keiner Fliege etwas zuleide tun konnte.

Und dann natürlich das Motiv: Sosehr ich mich auch bemühte, ich fand keinen Grund, warum sie den Mann umgebracht haben sollten, denn wie Straßenräuber sahen sie nicht aus. So blieb eigentlich nur der Willem als Hauptverdächtiger übrig.

Vielleicht lag das Geheimnis in der Person des Opfers, von dem ich bis jetzt nicht wusste, wer es war, denn bisher war von niemandem die Rede gewesen, der vermisst worden wäre. Von dieser Person würde vielleicht eine Spur bis zu der Mühle und weiter zu Meister Joachim führen, der ja alle diese Ereignisse in seinem Christophorusbild wiedergegeben hatte. Als ich mit meinen Gedanken an diesem Punkt angelangt war, bin ich wohl eingeschlafen, denn ich wachte erst wieder auf, als es Mitternacht schlug und der Nachtwächter draußen sein Lied sang:

»Höret ihr Herre, und lasset euch sagen,
die Glock' hat eben zwölf geschlagen!
Zwölf, das ist das Ziel der Zeit.
Mensch, bedenk' die Ewigkeit!«

Abermals empfand ich die Dunkelheit in der Werkstatt wie eine Fessel, die meine Bewegungsfreiheit einschränkte. Ich widerstand der Versuchung, aufzustehen und meine schmerzenden Beine zu bewegen.

Dass mir alle möglichen Gespenstergeschichten einfielen, hatte weniger mit der Mitternachtsstunde zu tun als mit dem Wind, der stärker geworden war. Er wimmerte und toste durch die engen Gassen und fing sich mit unheimlichem Heulen in dem Kamin des Hauses, so als wollte er mit seinem grässlichen Lied alle Menschen an das Elend der Welt erinnern.

Die heftigen Böen ließen die Balken des Dachstuhls ächzen, die Läden klappern, und als sich ein Regenschauer über die Stadt ergoss, prasselten die Fluten so an die Fensterscheiben, als begehrten sie Einlass.

Da fielen mir auf einmal die Figuren ein, die ich auf den noch unvollendeten Gemälden gesehen hatte. Hatte der Maler sich nicht bemüht, sie zu beseelen? Und machte es ihnen diese Seele vielleicht möglich, in der Mitternachtsstunde ein Geisterleben zu leben? Da waren zum Beispiel gleich mehrere Tafeln, die den heiligen Hieronymus darstellten. Meister Joachim musste für ihn eine besondere Vorliebe hegen. Vielleicht in der Erinnerung an seinen Lehrer Hieronymus Bosch? Auch die Muttergottes oder die heiligen Antonius und Johannes kamen mir in den Sinn, die von Quentin Massys gemalten Frauen, die den heiligen Antonius zu verführen versuchten, sowie die heilige Katharina, deren Tod auf einem der Bilder wiedergegeben worden war. Ich stellte mir vor, dass sie in der Geisterstunde die Fähigkeit besäßen, aus ihren Rahmen zu steigen, ebenso wie es mir gelungen war, mich in das Christophorusbild zu versetzen.

Ich sah mit Entsetzen, wie sie mit drohenden Mienen auf mich zukamen, weil sie mich ja als Eindringling empfinden mussten, und öffnete den Mund, um zu schreien. Aber ich bekam keinen Laut heraus.

Ich hatte den Nachtwächter gehört und die Glocken und war der Meinung gewesen, wach zu sein. Doch jetzt wusste ich nicht mehr, ob ich wach war oder träumte.

Die schemenhaften, wie von innen erleuchteten Gestalten huschten an mir vorbei, stellten sich in der Mitte der Werkstatt in zwei Reihen voreinander auf und begannen einen lautlosen Tanz.

Langsam, gemessenen Schrittes gingen die Paare aufeinander zu, fassten sich bei den Händen und drehten sich im Kreis. Danach wechselten sie ihre Partner, doch bevor sie sich trennten, verneigten sie sich voreinander mit hölzerner Steifheit. Die Frauen hielten mit einer Hand ihre überlangen Röcke, während die Männer die geballten Fäuste in die Seite stützten und so in ihren Bewegungen dem Gebaren von Gockeln glichen, die sich vor ihren Hennen aufspielten.

Nachdem sich meine Furcht ein wenig gelegt hatte, unterzog ich die Tänzer und Tänzerinnen einer genaueren Betrachtung. Dabei fiel mir auf einmal auf, dass die Gestalt der Muttergottes Ähnlichkeit mit Brigitta zu haben schien. War es die mädchenhafte Biegung des Nackens? Oder die feine Locke, die sich unter dem über den Kopf gelegten Tuch hervorstahl? Vielleicht war es auch die Art, sich zu bewegen, die Anmut der Hände, die den in schweren Falten herabfallenden Mantel festhielten? Gleich darauf kam mir, dass der ein wenig trunken die Füße hebende heilige Antonius auffallend Meister Quentin glich, was mich nicht weiter verwunderte, denn schließlich hatte er ihn gemalt, und wie ich schon sagte, ähneln die Figuren oft dem, der sie geschaffen hat.

Die alte Frau aus der Antoniustafel war ebenso hässlich wie Martha, die Magd, die beiden anderen waren Meister Joachims Frau Johanna und die kleine Anna, Brigittas Schwester, so wie sie in sechs oder sieben Jahren aussehen würde. Die vierte kannte ich nicht, vielleicht hatte Quentin Massys in ihr Meister Joachims erste Frau verewigt. Die heiligen Hieronymusse sahen alle Meister Joachim selbst ähnlich und Johannes der Täufer dem Knecht Lucas, obwohl er im Gegensatz zu Lucas einen Bart trug.

Über das alles wunderte ich mich nicht, denn es lag ja auf der Hand, dass sich die Maler die Modelle für ihre Figuren aus ihrer unmittelbaren Umgebung erwählten, und ich ärgerte mich nur darüber, dass mir das nicht schon früher aufgefallen war.

Der Tanz wurde schneller und schneller. Mit immer größer werdender Geschwindigkeit drehten sich die Paare im Kreis. Sie kamen mir vor wie aufgezogene Spielzeugfiguren, die sich so lange bewegen müssen, bis die Spannung der Feder in ihrem Inneren nachlässt oder bis sie zerspringt.

Wieder bildeten alle eine Reihe, und jetzt sahen sie abermals drohend zu mir herüber und tanzten in einem tollen Wirbel auf mich zu, sodass es mir vorkam, als wollten sie mich verschlingen. Nur Brigitta sah mir freundlich entgegen und so, als bäte sie mich um Verzeihung für den Schrecken, den mir die anderen einzujagen versuchten, genau wie sie es schon einmal getan hatte, als Jan so unfreundlich zu mir gewesen war.

Das alles hatte lautlos begonnen, nicht einmal das Tapsen der tanzenden Füße war zu hören, doch bald drang durch das Heulen des Windes fernes Getrommel, das langsam, ganz langsam immer lauter wurde.

»Darumdada, darumdada, dumdumdum!«,

Es klang bedrohlich, kam mir vor wie das Signal zu einer Schlacht, obwohl ich noch nie eines gehört hatte, und nicht wie Tanzmusik auf einer Kirmes oder einer Bauernhochzeit. Mir schien, als griffe es mich an und versuchte, mich in die Flucht zu schlagen, doch es war mir unmöglich, zu fliehen. Ich war wie gelähmt und mir wurde übel vor Angst, als ich erkannte, wie nahe mir diese Heiligen kamen, von denen ja die meisten vor langer Zeit einen schrecklichen Tod gestorben waren. Hatten sie mich vielleicht dazu ausersehen, einen ebenso schrecklichen Tod zu sterben?

Doch in diesem Augenblick, als sie mit ihren Geisterhänden nach mir griffen, zwängte sich eine riesige Gestalt durch ihre Reihe, die Achtung gebietend die Hände hob.

Immer noch trug sie den Stab in der Hand, und das Jesuskind auf ihren Schultern umklammerte die gläserne Kugel, so wie es Meister Joachim auf seinem Gemälde dargestellt hatte. Das Ende des roten Umhangs hinterließ eine feuchte Spur auf dem Boden, was mich nicht erstaunte, denn diese Gestalt kam ja direkt aus dem Fluss.

Es war der heilige Christophorus, der Beschützer aller Reisenden und der Retter vor einem plötzlichen und gewaltsamen Tod.

Da flohen die Heiligen in ihre Bilder zurück, und während

sie dort wieder erstarrten, hörte ich durch das immer leiser werdende Getrommel den Chor der Stimmen, die eines der Lieder von Josquin Desprez sangen:

Tausend Schmerzen, euch zu entsagen,
und euerem Liebeswüten zu entfliehen.
Mein ist so großes Leid und schmerzvolle Pein,
dass man bald sehen wird, wie ich meine Tage ende.

Im selben Augenblick begrüßten die Glocken der Kathedrale die erste Stunde des neuen Tages.

9

Danach muss ich erschöpft eingeschlafen sein, denn als ich von Neuem erwachte, stand der Mond so hoch über der Stadt, dass seine Strahlen die Werkstatt erhellten.
Der Wind hatte sich gelegt und eine unheimliche Stille dröhnte in meinen Ohren. Ich erhob mich mühsam. Alle Knochen taten mir weh. Doch wenn ich mein Vorhaben durchführen wollte, musste es jetzt sein. Das Mondlicht war hell genug. Ich konnte die Treppenstufen erkennen und spürte den Schlüssel in meiner Tasche. Vorsichtig belastete ich Stufe um Stufe, doch es war nicht zu verhindern, dass das Holz unter meinen Füßen knarrte und knackte. Ein- oder zweimal blieb ich stehen und lauschte, doch als alles still blieb, schlich ich weiter, bis ich schließlich die Galerie erreichte, den Schlüssel ins Schloss steckte und die Tür zu Meister Joachims Arbeitsraum aufsperrte. Dabei fiel mir ein Märchen ein, das ich in einem Buch gelesen hatte. Es handelte von einer Prinzessin, der eine Zauberin zwölf Zimmer ihres Hauses zu betreten erlaubte, nur das dreizehnte nicht, und die dann, als sie das Verbot missachtete, lauter Leichen darin fand.

Als ich die Tür aufstieß, prallte ich zurück, denn ich sah mich einem Mann gegenüber, der mich so ansah, als habe er mich schon seit Langem erwartet. Auf seiner Schulter saß ein kleiner Junge. Der rote Umhang schleifte im Wasser, denn der Mann war gerade dabei, einen Fluss zu durchwaten.

Es war abermals der heilige Christophorus.

Doch dieses Mal war er kein Geist. Dieses Mal stand ich Meister Joachims Bild gegenüber, dem Gemälde, das in meinem Buch abgebildet war und das nun schon seit bald vierhundert Jahren in einem spanischen Kloster hängt.

Eigentlich hätte ich mir denken können, dass Meister Joachims so ängstlich gehütetes Kunstwerk nur das Christophorusbild sein konnte. Doch ich war nicht darauf gefasst gewesen, das Bild hier zu sehen. Schließlich befand ich mich in ihm, da konnte ich nicht erwarten, ihm noch einmal zu begegnen. Doch warum eigentlich nicht?

So war es ein Bild im Bild, und ich fragte mich, wie das wohl weitergehen würde, wenn ich in dieses einstiege und in das nächste und übernächste …?

Es fiel mir schwer, einzusehen, warum Meister Joachim es so ängstlich vor fremden Blicken verbarg, denn was war schon dabei, dass er die Ereignisse, die er hinter der Heiligenfigur sich abspielen ließ, vor einiger Zeit in einem Traum erlebt hatte?

Hatte ihn vielleicht jener Traum so beschäftigt, dass er ihn sich wie unter einem Zwang von der Seele malen musste? Aber auch wenn das der Fall gewesen war, so hatte ihn doch niemand gezwungen, dieses Geheimnis zu offenbaren.

Dann fiel mir ein, dass die Havarie der beiden Handelsschiffe sowie der Brand und die Zusammenrottung des Pöbels inzwischen tatsächlich geschehen waren.

Dann hatte er also befürchtet, dass sich die anderen Szenen, das Geschehen im Hof der Mühle und die Auffindung der Leiche am Ufer des Flusses, ebenfalls verwirklichen könnten?

Hatte er sich vielleicht selbst bedroht gefühlt?

War das der Grund gewesen, seinen Freund Quentin Massys einzuladen und ihm das Bild zu zeigen?

Hoffte er, von ihm beruhigt zu werden?

Wieder schweifte mein Blick über die Landschaft. Immer noch spielten die Salamander am Ufer des Flusses, stand Bruder Jacobus hinter dem dürren Baum, während Willem in der Hütte seine Kleider über das Feuer hielt. Immer noch betete der Mann sein Avemaria vor dem kleinen Andachtsbild, hielten die Mönche den auf das Floß gebundenen Leichnam fest, beugten sich zwei Männer im Hof der Mühle über eine am Boden liegende Gestalt.

Alles war so, wie es vorher gewesen war. Nichts hatte sich verändert.

Gerade als ich beschloss, Meister Joachims Atelier wieder zu verlassen, fiel mein Blick auf den kleinen Arbeitstisch, der ins Mondlicht getaucht unter dem Fenster stand. Meine Augen blieben an einem glänzenden Gegenstand hängen. Er war rund und durchsichtig, reflektierte das Licht und spiegelte in einem Zerrbild die um ihn herum liegenden Dinge.

Es war eine gläserne Kugel. Offenbar hatte sie Meister Joachim als Modell für die Weltkugel benutzt, die das Kind in der Hand hielt, und sie erinnerte mich wieder, wie schon einmal, an die Kugel, die meine Mutter auf ihrem Schreibtisch liegen hat.

Als ich sie näher zu betrachten begann, fielen mir kleine Lichtpunkte auf, die in ihrem Inneren zu schweben schienen. Einer war näher, der andere ferner, einmal versammelten sich drei oder vier auf einem Haufen, während sich ein anderer weit von ihnen entfernte. Sie ähnelten Sternen am nachtdunklen Himmel, Planeten im Universum, und dabei waren es doch nur winzige, das Licht einfangende Bläschen, vollgefüllt mit vergessener, möglicherweise jahrhundertealter Luft.

Erst nach einer Weile erkannte ich mein spiegelndes Selbst auf der gläsernen Oberfläche, ebenso die Dinge, die hinter mir standen. Mittelpunkt dieses Spiegelbildes waren meine Augen, Nase und Haaransatz schienen kaum verändert, doch gegen die abfallende Rundung zu verzerrte sich alles. Aus einem mir nicht erklärlichen Grund erschreckte mich das.

Kurzentschlossen wendete ich mich ab, um den Raum wieder zu verlassen.

Während ich hinter mir zuschloss, dachte ich flüchtig und ohne zu wissen warum an Meister Albrechts Zeichnung, das Blatt aus grauem Papier mit den vier Christophorusfiguren, das er vor genau einem Jahr Joachim Patinir schenkte und das offensichtlich verloren gegangen war. Ich konnte mich nicht daran erinnern, ob Jan, der Anweisung Meister Joachims folgend, wirklich noch danach gesucht hatte.

Dann vergaß ich die Zeichnung wieder, schlich die Treppe hinunter, steckte den Schlüssel zurück in den Malerkittel und dachte während alledem angestrengt darüber nach, wie ich, ohne entdeckt zu werden, das Haus wieder verlassen könnte.

IV. Die Zeichnung

1

Das fahle Licht der Sterne verblasste in der Morgendämmerung. Mir war elend vor Hunger, und ich fühlte mich wie ausgehöhlt, denn ich hatte am Abend vorher nichts gegessen.
So ließ ich jede Vorsicht außer Acht, stand auf und ging in die neben der Essstube liegende Küche, wo ich hoffte, etwas zu essen zu finden.

Im Herd glühten noch Aschenreste, und der Geruch nach nassem, schwelendem Holz zog durch den Raum. Ich suchte eine Weile, bis ich etwas Essbares fand, entdeckte schließlich ein paar alte trockene Fladen, die ich so schnell herunterschlang, dass ich Schluckauf davon bekam. Glücklicherweise stand in der Nähe ein mit Wasser gefüllter Krug, und nach wenigen Zügen beruhigte sich mein Rippenfell wieder. Einmal stieß ich an einen Tiegel, und das Klappern erschreckte mich so, dass ich den Atem anhielt und mitten in der Bewegung erstarrte. Da hörte ich aus einem neben der Küche liegenden Raum das Ächzen eines Menschen, der sich im Schlaf umdreht. Doch kurz darauf begann der Schläfer zu schnarchen.

So leise es mir möglich war, zog ich die Küchentür hinter mir zu, tastete mich den düsteren Gang entlang und seufzte erleichtert auf, als ich feststellte, dass im Türschloss der Eingangstür der Schlüssel steckte. Das Knarren des Schlosses und das Kreischen der aufgehenden Tür gellten mir überlaut in den Ohren. Erst als ich mich vergewissert hatte, dass mir niemand folgte, blieb ich einige Gassen entfernt von jener, in der sich Meister Joachims Haus befand, stehen und wartete, bis sich mein Atem allmählich beruhigte. Dann lief ich ziellos weiter, kreuz und quer durch die Stadt, vorbei an Herbergen, Schänken, an Handelshäusern und Geschäften verschiedenster Art, bis sich auf einmal am Ende einer Straße vor mir der

Hafen ausbreitete. Einige Schiffe dümpelten auf unruhigem Wasser, und der Himmel, der über den engen Gassen nur als ein schmales Band zu erkennen gewesen war, dehnte sich auf einmal weit über die Küstenberge und bis an den Horizont.

Es war noch sehr früh am Morgen. Der nächtliche Sturm hatte fast alle Wolken davongetrieben. Die Luft war frisch und schmeckte nach Salz. Ich lief über den weit in die Mündung des Flusses ragenden Ladeplatz bis zu der Festung am anderen Ende und besah mir dabei die Schiffe. Die beiden Karacken, deren Kapitäne sich einige Tage zuvor die Einfahrt streitig gemacht hatten, ankerten ein Stück weiter draußen.

Eine von ihnen hatte ein riesiges Loch in der Bordwand, das sich glücklicherweise über der Wasserlinie befand, sonst wäre sie sicher gesunken. Bei dem anderen Schiff waren, soweit ich erkennen konnte, bloß die hinteren Aufbauten beschädigt. Die Nationalitäten der beiden waren nicht zu erkennen, denn sie hatten keine Flaggen am Mast befestigt, und ob die Segel ein Zeichen trugen, war nicht zu sehen, denn sie hingen gereift an den Rahen. Nur der Wachmann des einen Schiffs, der mit gemächlichen Schritten an Deck auf- und abging, machte auf mich den Eindruck eines Menschen, der in einem südlichen Land zu Hause sein musste. Erst als er seinen Rundgang unterbrach und argwöhnisch zu mir hinüberstarrte, wurde mir klar, dass ich weit und breit der einzige Mensch auf der Mole war, was sein Misstrauen weckte. Ich wendete mich deshalb dem zweiten havarierten Schiff zu, doch dort konnte ich niemanden entdecken. Es ankerte seitlich neben dem anderen und wurde zum Teil von einer vor ihm liegenden Galeere und einigen Fischerbooten verdeckt.

Die Festung, von der aus der Hafen gegen einen Angriff vom Meer aus verteidigt werden konnte, war wie eine Burg im Kleinen, mit Burggraben, Zugbrücke und vielen Türmen.

Jans Bericht nach befand sich dort der Kaufmann in einem Verlies, weil er es gewagt hatte, sich Martin Luther anzuschließen und so wider den Papst zu sein und wider die katholische Kirche. Ob er schon wusste, dass sein Haus abgebrannt war und er alles, was er besaß, verloren hatte? Vielleicht hatte es ihm das Geläut der Feuerglocke verraten.

Da ich noch viel Zeit hatte, bis in der Kathedrale die Messe begann, beschloss ich, mir die Ruine des abgebrannten Hauses noch einmal anzusehen. Es würde mir sicher nicht leichtfallen, den richtigen Weg zu finden, doch ich wollte den Platz noch einmal sehen, auf dem sich der Pöbel versammelt hatte.

1520

2

Allmählich erwachte die Stadt zu ihrem Sonntagsleben. Mädchen und Frauen holten Wasser aus den Brunnen. Einige schmückten die in den Nischen vieler Häuser stehenden Heiligenfiguren mit frischen Blumen, andere verließen nach einem frühen Vaterunser die kleinen, offenen Kapellen, in denen Andachtsbilder der Muttergottes oder Kruzifixe an den Wänden hingen. Ein geistlicher Herr eilte der Kathedrale zu, die gerade von einem Mesner aufgeschlossen worden war, und einige späte Zecher torkelten auf der Suche nach ihrem Zuhause die Gassen entlang.

»Pass auf, dass dich der lange Wappergeist nicht schnappt!«, rief einer einem anderen mit dröhnendem Lachen zu.

»Pass selber auf!«, schrie der andere zurück. »Ich glaub nicht an Geister, außer an die im Schnaps und im Bier.«

Ab und zu begegneten mir auch Bettler und Krüppel. Dem einen fehlte ein Bein, das er durch einen Stock zu ersetzen versuchte. Ein anderer war blind, er ließ sich von einem Kind führen. Einem dritten wölbte sich ein Buckel über die Schulter, und ein vierter gab nur ein von grölenden Schreien unterbrochenes Stammeln von sich, das niemand verstehen konnte. In der Nähe der Kathedrale häuften sich diese Begegnungen, was mich dazu veranlasste, meine Schritte zu beschleunigen, weil mich ihr Anblick schaudern machte. Überall zwischen den Häusern hing der üble Kloakengestank, denn viele Bürger benützten die Straßen und Plätze als öffentliche Abtritte, und so etwas wie unterirdische Kanäle schien noch unbekannt zu sein.

An der Vielfalt der Wappen über den Hauscingängen war zu erkennen, dass der Hafen von Schiffen aus vielen Ländern angelaufen wurde. Daher hatten alle großen europäischen Handelshäuser hier ihre Niederlassungen, auch die Fugger aus Augsburg und Lucas Rem, der, wie Meister Joachim sagte, es selten zu versäumen schien, bei ihm vorzusprechen, wenn er hierherkam, um seine Geschäfte abzuwickeln.

Schließlich fand ich nach einigem Umherirren das richtige Stadttor und den Platz mit dem Haus des Kaufmanns, vielmehr mit dem, was davon noch übrig war. Irgendwer hatte die liegen gebliebenen Wurfgeschosse zusammengesammelt und auf einen Haufen geworfen, der in einer Ecke lag und darauf wartete, weggefahren zu werden. Der Platz war gekehrt, und wären die dunklen verkohlten Dachsparren nicht gewesen, die anklagend in den Himmel ragten, und dazu der immer noch beißende Geruch glimmenden Holzes, der einem nicht nur in die Nase drang, sondern auch die Tränen in die Augen trieb, dann hätte nichts mehr auf das schreckliche Ereignis hingewiesen, und es wäre nur ein ganz gewöhnlicher Platz in einer ganz gewöhnlichen Hafenstadt an irgendeinem Sonntagmorgen im Mai 1522 gewesen.

Ich stocherte ein wenig in der Ruine herum, kletterte über herabgestürzte Balken und zusammengebrochene Wände, hob halb verkohlte Bücher vom Boden auf und schob mit den Füßen die Scherben zerbrochenen Geschirrs zur Seite. Einmal blieb ich stehen und lauschte, weil ich glaubte, etwas gehört zu haben. Doch es blieb still. Dann ging ich weiter, und als unter meinen Füßen abermals Scherben klirrten, schreckte dicht neben mir jemand hoch.

»He, ist da wer?«

Ich brauchte ihn nicht zu sehen und wusste gleich, wer das war, weil ich ihn an der Stimme erkannte: Es war der schielende Klosterknecht Willem. Und auf einmal ging es mir wie Jan: Ich bekam schreckliche Angst vor ihm. Schließlich hatte ich ihn ja im Verdacht, einen Mord begangen zu haben.

Bevor er sich noch den Schlaf aus den Augen gerieben hatte, war ich schon auf und davon und er rannte immer hinter mir her.

Das Haus war groß. Es war das Haus eines reichen Mannes und hatte viele Zimmer, die nicht alle ausgebrannt waren, sogar die Treppe war noch benutzbar. Ich huschte von Kammer zu Kammer, blieb stehen und lauschte, verbarg mich in einer Nische, wenn mir mein Verfolger zu dicht auf den Fersen war, und ließ ihn an mir vorbei.

»He, bleib stehen!«, brüllte er wütend. »Wart nur, ich krieg dich!«

Einmal ging es knapp aus. Ich hatte nicht aufgepasst und war in eine Kammer geraten, die nur einen einzigen Ausgang hatte, und wenn man von einem alten Tisch absah, war sie dazu auch noch völlig leer. Nur ein kleines Fenster führte ins Freie, und anstatt einer Zimmerdecke war oben der Himmel zu sehen.

Bevor ich meinen Irrtum erkennen konnte, hörte ich den Mann bedrohlich dicht hinter mir. Da sprang ich auf den Tisch, klammerte mich mit beiden Händen an den oberen Rand der Mauer und zog mich hoch.

Gerade noch rechtzeitig legte ich mich flach auf den bröckelnden Mauerrand, als mein Verfolger hereinstürzte. Doch er sah nur einen fast leeren Raum vor sich und blickte glücklicherweise nicht nach oben.

Oh Gott! So nah war er mir noch nie gewesen! Ich konnte ihn sogar riechen. Er stank nach Bier und nach Schweinestall. Schnaubend wie ein wütender Stier drehte er sich gleich wieder um und polterte hinaus.

Ich weiß nicht, wie dieses Abenteuer ausgegangen wäre, wenn ihn nicht zwei Männer aufgehalten hätten, die ebenfalls das Haus zu durchsuchen schienen.

»He du! Endlich haben wir dich gefunden.« Offenbar kannten sie ihn.

»Ach, ihr seid das!«, rief Willem. »Warum gebt ihr euch nicht gleich zu erkennen?«

Als ich mich vergewissert hatte, dass die drei sich von mir entfernten, ließ ich mich wieder an der Mauer herab und schlich ihnen nach. Mein Erstaunen war groß, als ich in den beiden Neuankömmlingen die Mönche erkannte, die ich schon auf dem Markt zusammen mit dem Willem beobachtet hatte. Ich verbarg mich hinter einer Wand, zog mich dann aber doch noch einige Schritte zurück, weil ich fürchtete, entdeckt zu werden. Dann versuchte ich das leise geführte Gespräch zu verstehen, was nur deswegen möglich war, weil es dem Klosterknecht nicht gelang, seine Stimme zu dämpfen.

»Was gibt's?«

»... haben uns gleich gedacht, dass du dich hier versteckst«, sagte einer der Mönche. »... bist einfach nicht zu dem Treffpunkt gekommen.«

»... und hast uns unsere Packen selbst heimtragen lassen«, fügte der andere mit vorwurfsvoller Stimme hinzu.

»... hab meine Gründe«, knurrte Willem, schwieg einen Augenblick und fragte dann: »Was habt ihr mit dem Kerl gemacht?«

»Begraben, so wie es sich für einen rechten Christen gehört. Hoffen wir, dass es einer war. Gott hab ihn selig.«

»Gehört sich das auch für einen Franzo...?«

»Still!«, zischte ihn der erste Mönch an. »Woher willst du überhaupt wissen, dass es einer war?«

»Ich kenn das. War einmal drüben. ich kenn's an der Kleidung. So laufen bloß die dort herum. Sonst niemand. Wenn man sie hier bei uns trifft, dann sind das meistens Spione. Die

Wunde stammte von einem Messer und von nichts anderem. Ich weiß, wie so was aussieht«, verteidigte sich Willem erregt mit lauter Stimme.

»Wenn du es nicht warst, der ihm das Messer zwischen die Rippen gesteckt hat, braucht dich das nicht zu kümmern«, versuchte ihn der zweite zu beruhigen. »Du hast ihn aus dem Wasser gezogen, auf ein Floß gebunden und ihn stromabwärts mitgenommen, bis du uns getroffen hast. Später hast du es dann den Soldaten des Kaisers gemeldet, und wir haben ihn begraben. Mehr konntest du nicht tun. Der Herr gebe ihm den ewigen Frieden. Komm lieber heim und lass den Bruder Franziskus nicht wissen, dass du schon wieder deine Kreuzer verzecht hast!«

Doch der Klosterknecht machte keine Anstalten, dieser Aufforderung Folge zu leisten. Laut rülpsend lehnte er sich zurück. »Ich komm, wenn ich mag«, brummte er böse. »Der Bruder Franziskus kann mich mal kreuzweis … !«

Daraufhin sahen sich die beiden Mönche achselzuckend an, drehten sich um und ließen ihn stehen.

3

Auch ich verdrückte mich still. Ich hatte genug gehört und konnte mir nun einiges zusammenreimen.

Dieser Klosterknecht hatte also wirklich den Toten in der Strömung entdeckt und ihn, des leichteren Transportes wegen, auf ein Floß gebunden. Nachdem er ihn aber den beiden Mönchen übergeben hatte, musste er in der Einsiedelei erst seine nassen Kleider trocknen lassen, bevor er sich auf den Weg in die Stadt machte.

Offensichtlich war der Tote ein Franzose gewesen, doch wie er starb, was Jan mit ihm zu tun gehabt haben könnte und was das Papier unter dem Gürtel der Leiche bedeutete, musste ich noch in Erfahrung bringen.

Auf einmal begannen die Glocken der Kathedrale zu läuten und die Menschen daran zu erinnern, dass es Zeit war, zur Messe zu gehen. Bald strömten sie in ihren schönsten Festtagskleidern über den Platz. Sie mussten sich beeilen, wenn sie nicht zu spät kommen wollten.

Ich sah an mir herunter. Die Kleider des Segelmachers waren nicht die neuesten, und die schönsten waren sie auch nicht, aber ich hatte keine anderen. Ich strich sie einfach nur glatt, warf dann stolz meinen Kopf in den Nacken und folgte den Leuten auf dem Weg in die Kirche. Ich war froh, dass ich meine Haare halblang trug, wie es hier gerade Mode war. So fiel ich nicht weiter auf, mischte mich einfach nur unter die Kirchgänger und ließ mich treiben, wobei ich ihren Putz und ihre Aufmachung sehr bestaunte. Die Bürgersfrauen trugen Kleider, deren Schleppen oft auf dem Boden schleiften, wenn sie sie nicht mit einer Hand hochhielten oder über den linken Arm geschlagen hatten. Die Ärmel waren mal eng und an der Schulter gepufft, und dann wieder weit und mehrere Male abgebunden. Oft waren sie aufgeschlitzt, sodass man das

Unterkleid sehen konnte. Fast alle waren mehr oder minder tief ausgeschnitten und viele von ihnen aus kostbaren Stoffen genäht, die den Reichtum ihrer Familien zur Schau stellten.

Das Merkwürdigste aber waren die großen Hauben, die sie auf dem Kopf trugen, und es war, als versuchten sich die vornehmen Damen durch die wunderlichsten Formen ihrer Kopfbedeckungen gegenseitig zu übertrumpfen. Manche türmten sich über den Schläfen wie Hörner, andere wieder umrahmten die Stirn mit einem Wulst. Wenn sie aber, ähnlich einer einfachen Kappe, auf den Haaren festgesteckt waren, dann schienen sie aus Samt oder Brokat zu sein, mit goldenen Fäden und kostbaren Edelsteinen bestickt.

Auch in den Farben ihrer Gewänder legten sich die Frauen keinerlei Beschränkung auf. Leuchtendes Rot sah ich ebenso oft wie Königsblau, eisiges Grün und Orange, Violett und Türkis, manchmal zwei oder drei verschiedene Farben in einem Gewand, gesäumt mit einer schmalen Borte aus Pelz und das Untergewand aus Spitzen.

Nur die einfachen Frauen, die mit ihren Männern vom Land hierhergekommen waren, um die Sonntagsmesse zu besuchen, trugen aus grobem Tuch genähte Kleider. Ein weiter Rock mit einer sauberen Schürze, ein Mieder, darüber das Brusttuch und die weiße gestärkte Haube über den Haaren genügten ihnen.

Die reichen Herren hatten meist eng anliegende Hosen an, oft jedes Bein in einer anderen Farbe, darüber lange oder kurze ärmellose Mäntel, die manchmal aus Pelz oder nur pelzbesetzt waren, je nach Wohlhabenheit und je nachdem, ob sie es lieber kühl haben wollten oder warm. Fast alle trugen Barette, die oft auf einer Seite bis übers Ohr hinabhingen. An den Füßen hatten sie breite flache Schuhe, doch manchmal auch seitlich geschnürte Ledergamaschen, und einige trugen lederne Beutel am Gürtel, in denen sie wohl ihr Geld aufbewahrten. Diese Herren machten einen besonders eitlen und geckenhaften Eindruck auf mich, denn sie trugen auf diese schwer zu ertragende Art ihren Reichtum zur Schau, und gerade sie waren es, die an den Bettlern und Krüppeln vorbeieilten, ohne sie nur eines Blickes zu würdigen.

Das alles war so neu und andersartig für mich, dass mir der Weg von dem Platz vor der Ruine des Kaufmannshauses bis zu der Kathedrale wesentlich kürzer vorkam als am Tag zuvor, an dem ich ihn schon einmal in Jans Begleitung zurückgelegt hatte.

4

Als ich mich vom Strom der Gläubigen durch das hohe Portal treiben ließ, gewöhnten sich meine Augen nur langsam an die im Innenraum vorherrschende Düsternis. War es draußen hell und warm gewesen, so empfingen mich hier feuchte Kühle und dämmeriges Licht. Die hohen und oft auch bunten Fenster ließen nur wenig Helligkeit herein, die sich zum größten Teil unter dem Kreuzgewölbe verbrauchte. Das und die Vielzahl mächtiger Säulen erinnerte mich an den Wald, den Jan und ich auf dem Weg in die Stadt durchquert hatten, und etwas auch an die schmalen Gassen mit ihren vier- bis fünfstöckigen Häusern.

Ich folgte der Menge bis zur Mitte des Kirchenschiffes und lehnte mich dort an einen Pfeiler. Von diesem Platz aus konnte ich nicht nur das Geschehen am Altar verfolgen, sondern auch die Gläubigen im Auge behalten.

Es fiel mir auf, dass Männer und Frauen getrennt saßen. Auf der rechten Seite des Mittelganges nahmen die Männer Platz, auf der linken die Frauen. Die vorderen Reihen schienen den Honoratioren der Stadt und ihren Familien sowie den Repräsentanten der großen Handelshäuser und anderen wohlhabenden Bürgern vorbehalten. Sie füllten sich nur langsam und nur mit Leuten in besonders kostbaren Gewändern. Die folgenden Bänke wurden von Beamten, Angehörigen der Stadtwache, Seeoffizieren und, wie mir schien, den Mitgliedern der Zünfte besetzt, denn unter ihnen erkannte ich Meister Joachim und Quentin Massys. Dahinter nahmen einfach gekleidete Bürger Platz, unter ihnen auch einige Bauern, die vom Land gekommen waren, um hier die Messe zu besuchen. Knechte und Mägde, Schankwirte, Matrosen und arme Leute mussten während der heiligen Handlung stehen.

Gerade als sich meine Augen dem Dämmerlicht angepasst

hatten, verstummte das Gemurmel der Menge, weil der Priester hinter zwei Ministranten von der Seite her das Kirchenschiff betrat. Er trug ein mit goldenen Fäden besticktes, prächtiges Messgewand. In einigem Abstand folgte ihm ein Messdiener, der ein großes Buch vor sich her trug. Er legte es auf ein bereitstehendes Pult und schlug es auf. Alle Anwesenden knieten nieder.

»*In nomine Patris, et Filii, et Spiritus Sancti. Amen!*«, betete der Geistliche mit dem Rücken zu seiner Gemeinde. Die Gläubigen schlugen ein Kreuz.

Ich verstand nur wenig von dem, was der Priester anschließend am Altar vollzog, denn meine Gedanken schweiften ab. Ich suchte Brigitta unter den Frauen und fand sie neben ihrer Stiefmutter sitzend. Ihr Haar wurde durch eine Haube verdeckt, was ich sehr bedauerte, denn so verbarg sie ihren schönsten Schmuck. Die kleine Anna kniete auf der anderen Seite von Patinirs Frau, jedoch ragte ihr Kopf kaum über die vordere Bank.

Inzwischen hatte der Messdiener dem Priester einen silbernen Kessel gereicht, aus dem Rauchschwaden drangen, die den Altar, das hölzerne Chorgestühl sowie die vorderen Bankreihen in einen grauen Schleier einhüllten. Als der Kessel hin- und hergeschwenkt wurde, damit der geweihte Rauch aus allen Ecken der großen Halle das Böse vertreibe und seine langsam hochsteigenden Schwaden die Gebete der Gläubigen in den Himmel trage, stieg mir der aromatische Geruch des brennenden Harzes in die Nase. Er brachte mich auf den Gedanken, dass das kirchliche Zeremoniell mit den ihm zu Gebote stehenden Mitteln auch hier den Gläubigen zwang, alle fünf Sinne zu benutzen. Auf diese Weise verhinderte es, dass jemand abgelenkt wurde und vielleicht nicht in der Lage war, die volle Kraft seiner Gedanken in sein

Gebet zu legen. Der nur durch brennende Kerzen erhellte Altar hielt die Augen fest, Händefalten und Kreuzschlagen den Tastsinn, der Gesang des Priesters das Gehör und der Weihrauch den Geruchssinn. Nur für den Geschmack fand ich nichts, bis mir schließlich das heilige Abendmahl in den Sinn kam.

»*Gloria in excelsis Deo*«, sang ein Chor auf der Empore. »*Et in terra pax hominibus bonae voluntatis.*«

Und auf Erden Friede den Menschen, die guten Willens sind, übersetzte ich in Gedanken. Das sollten sie so oft wie möglich Kaiser Karl und dem französischen König vorsingen. Mir fielen die wilden Reiter wieder ein, die mir auf dem Weg in die Stadt begegnet waren. Sie hatten so viel schreckliches Kriegsgerät mit sich geführt, Armbrüste, Schwerter und eiserne Lanzen. Dann entsann ich mich auch noch der Warnung des Bauern, der mir geraten hatte, ihnen aus dem Weg zu gehen, weil sie mich sonst vielleicht zwängen, mit in den Krieg zu ziehen. In den Krieg ziehen aber bedeutete Töten, auf gewaltsame und brutale Art, vor der einen nur der heilige Christophorus bewahren konnte, wenn man an ihn glaubte und seiner Hilfe vertraute.

Und gerade als ich mit meinen Gedanken an diesem Punkt angekommen war, trat der Priester an das Pult, auf das der Messdiener das große Buch gelegt hatte. Dort drehte er sich kurz um und sagte: »*Dominus vobiscum!*«

»*Et cum spirito tuo*«, antwortete ihm die Gemeinde.

Die Stimme des Geistlichen erhob sich und drang über die Köpfe der Gläubigen bis zu der Gruppe der einfachen Leute, der Knechte und Armen, verfing sich unter der Empore und hallte nach oben bis unter die Decke. Er las das Evangelium lateinisch, wovon ich nur wenig verstand, denn meine Lateinkenntnisse waren nie besonders gut gewesen.

Doch als er anschließend die Kanzel bestieg, um das für diesen Tag ausgewählte Kapitel zu interpretieren, erkannte ich die Geschichte wieder.

Sie handelte von Johannes dem Täufer, der auf den Wunsch einer Frau hin von Herodes gefangen genommen worden war. Diese Frau war mit Herodes' Bruder Philippus verheiratet gewesen und lebte jetzt mit Herodes zusammen. Vergeblich versuchte sie immer wieder, den Gefangenen töten zu lassen, da er Herodes wegen dieses Ehebruchs Vorhaltungen machte.

Eines Tages lud nun Herodes alle Vornehmen seines Landes zu einem Mahl, bei dem Salome, die schöne Tochter seiner Frau und seines Bruders, einen so aufreizenden Tanz vorführte, dass ihr Stiefvater ihr einen Wunsch erfüllen wollte. Und als daraufhin Salome ihre Mutter fragte, was sie sich wünschen sollte, empfahl diese ihr, sich den Kopf Johannes des Täufers zu wünschen. Der König erfüllte ihr diesen Wunsch. Bald brachte der Henker das Haupt des Johannes auf einer Schüssel herein. Da nahm ihn das junge Mädchen und reichte ihn ihrer Mutter.

In seiner Predigt nahm der Priester diese Geschichte zum Anlass, nicht nur auf die Verwerflichkeit eines Ehebruchs hinzuweisen, sondern auch auf die der Verführung und der Missachtung der Gebote des Herrn, allen voran des Gebotes: Du sollst nicht töten.

Ich erschrak. Hatte ich mich in Gedanken nicht gerade mit dem Tod durch äußere Gewalt beschäftigt? War ich nicht hier, weil ich einen solchen Todesfall aufklären wollte? Wieso hatte der Priester für den heutigen Tag gerade diese Stelle aus dem Evangelium gewählt?

Allmählich fühlte ich mich fast so, als verfolgten mich die vielen grausamen Todesarten.

Zeigte nicht das große Altarbild, das die Kreuzigung Christi darstellte, wie ein Mensch auf schreckliche Weise zu Tode gequält worden war? Erst in diesem Augenblick machte ich mir das Entsetzliche dieser Darstellung bewusst und überlegte, ob wir uns so an sie gewöhnt haben könnten, dass es uns völlig abgestumpft hatte.

Und auf einmal verstand ich das Gebet Albrecht Dürers viel besser: Ich bitt' dich, steh mir bei allzeit wider die Welt, Fleisch und Teufels Streit, und hilf mir in der letzten Not, so scheidet mich der bittre Tod!

Mord und Totschlag überall, dachte ich. Damals, zu Zeiten der Evangelisten, hier in Joachim Patinirs Bild und später die vielen Kriege, nach denen man die Gefallenen in Millionen zählte.

Du hast viel zu tun, heiliger Christophorus, wenn du das alles verhindern willst!

An den Fortgang der Messe kann ich mich heute nur noch in Bruchstücken erinnern. Ich sehe noch den Priester vor mir, wie er am Altar die Hostie in die Höhe hielt, um sie der Gemeinde zu zeigen, und wie er dasselbe gleich darauf mit dem Kelch tat.

Immer wieder schweiften meine Augen zu Brigitta hinüber, und in Gedanken fuhr ich ihr mit der Hand zärtlich über die Schläfen und schob eine Haarsträhne wieder unter die Haube zurück, die sich hervorgestohlen hatte. Einmal fing ich einen Blick von ihr auf.

Als der Geistliche die Gläubigen zur Kommunion rief, trat sie mit gesenktem Kopf hinter Frau Johanna aus der Bank und folgte mit gefalteten Händen den anderen Frauen. Als sie vor dem Priester kniete und die Hostie von ihm in Empfang nahm, erinnerte sie mich wieder an eine von Meister Joachims Madonnenfiguren.

Danach sang der Chor, und ich stellte verwundert fest, dass es eines der Lieder war, die ich schon kannte:

Auf dich, Herr, hoffe ich,
um Mitleid in Ewigkeit zufinden.
Doch in einer traurigen und finsteren Hölle
war ich und arbeitete vergebens.
Zerbrochen, im Wind vergangen ist alle Hoffnung.
Ich war verwundet, doch in meinem Leide
rief ich zu dir.
Auf dich, Herr, hoffe ich!

Ich erschrak, als mir klar wurde, dass Worte und Melodie auf geheimnisvolle Weise meine Gefühle ausdrückten, so als habe mich der Komponist durchschaut, als wüsste er, was in meinem Inneren vorging, was ich empfand und was ich dachte.

Und in dem Augenblick, in dem es die Sänger sangen, fühlte ich mich erkannt und bloßgestellt.

Und außerdem erschrak ich auch, weil nun schon zum zweiten Mal ein Lied, ohne das ich keinen Zugang zu dem Gemälde gefunden hätte, mit demjenigen übereinstimmte, das hier gesungen wurde.

Nach einem kurzen stillen Gebet wendete sich der Priester vom Altar ab. Die Menschen erhoben sich. Der Gottesdienst war zu Ende.

In der Masse der Kirchenbesucher entdeckte ich den Müller und seine Frau. Die Frau zog ihren Mann am Ärmel zur Seite und versuchte, ihn zu etwas zu überreden, das ich von meinem Standort aus nicht hören konnte. Deshalb folgte ich ihnen so unauffällig wie möglich, als sie sich aus der Menge lösten und dem Altar zustrebten. Es war mir nicht klar, was sie dort wollten, doch dann gingen sie seitlich an ihm vorbei.

Hinter ihm, in der Apsis der Kirche, befanden sich fünf kleine Kapellen, in denen Altäre aufgestellt worden waren. Einige von ihnen waren mit Blumen geschmückt, vor anderen brannten Kerzen. Die Müllerin zog eine Kerze unter ihrer Schürze hervor, zündete sie an einer schon brennenden an und steckte sie auf einen eisernen Halter, der vor einem dreiflügeligen Altar stand.

Im schwachen Lichtschein erkannte ich auf dem Mittelfeld den eben vom Kreuz genommenen Christus, umgeben von einigen Männern und Frauen. Im Hintergrund war auf einem Felsen Golgatha zu sehen, der Richtplatz. Auf dem rechten Seitenflügel hatte der Maler eine Folterszene wiedergegeben, bei der ein Mann in einem Kessel steht, unter dem zwei Folterknechte mit sadistischer Freude ein Feuer schüren. Auf der linken Seite jedoch erkannte ich Herodes und seine Frau an einer reich gedeckten Tafel und vor ihnen Salome, die mit einer tänzerischen, ihre feine Gestalt und das prächtige Gewand vorteilhaft zur Geltung bringenden Bewegung ihrem Stiefvater auf einer Schüssel den Kopf Johannes des Täufers hinhielt. Johannes hatte sein totes Gesicht so dem Herodes zugewendet, als blicke er ihn an, obwohl seine Augen geschlossen waren. Hinter der reich gedeckten Festtafel waren durch einen Torbogen die Knechte zu sehen, die den kopflosen Körper des Hingerichteten wegschleppten.

Auf diese Szene zeigte die Müllerin, als sie leise zu ihrem Mann sagte: »Siehst du, das war die Geschichte, die wir heute gehört haben. Ist es nicht gut, dass es Maler wie Meister Quentin Massys und Gilden wie die der Schreiner gibt, die uns die Bibel in Bildern zeigen? So kann ich doch, obwohl ich keinen einzigen Buchstaben kenne, die heiligen Geschichten von den Altarbildern ablesen.«

Ihr Mann interessierte sich nur wenig für das, was sie sagte.

Er drehte den Kopf nach allen Seiten, als suche er jemanden. Doch ohne zu beachten, ob er ihr zuhörte oder nicht, plapperte die Müllerin weiter: »Ach, was bin ich froh, dass unser Jan Malergehilfe geworden ist und mit seiner Arbeit dazu beiträgt, so wunderbare Bilder zu schaffen.«

Während sie sprach, zupfte sie mit den Händen an den Ecken der Sonntagshaube, schob eine Haarsträhne an den richtigen Platz und richtete die Falten an ihrem Brusttuch.

»Von den wunderbaren Bildern wird er nicht satt«, sagte der Müller. »Wenn er so wie ich ein Müller geworden wäre, würde er mehr verdienen.«

»Ach, Mann, denk doch nicht immer ans Geld! Unser Jan ist doch so glücklich in seinem Beruf, und wir können stolz auf ihn sein. Er ist so fleißig und nimmt seine Arbeit sehr ernst. Immer wieder bringt er eine Meisterzeichnung mit heim, um sie zu kopieren, weil er so zeichnen lernen weil, wie es die großen Maler können.« Erst jetzt fiel ihr auf, dass der Müller ihr den Rücken zugewendet hatte. »Ach, wo ist er denn? War er nicht bei dir?«

»Weiß auch nicht, wo er sich rumtreibt«, brummte ihr Mann verdrossen.

Inzwischen hatte der größte Teil der Gläubigen die Kirche bereits verlassen. Einige knieten noch in den Bänken und beteten, andere steckten brennende Kerzen in die Halter vor den Seitenaltären. Ich beobachtete, wie der Müller und seine Frau dem Ausgang zustrebten, und verließ dann meinen Platz hinter dem Pfeiler, um ihnen zu folgen.

5

Da sah ich auf einmal den Jan. Er hatte in einer Nische gestanden und auf den Mesner gewartet, der gerade durch eine kleine, neben dem Altar liegende Tür hereinkam. Jan trat ihm entgegen und begann, mit großem Eifer auf ihn einzureden, so als müsste er ihn von etwas überzeugen, was ihm sehr wichtig war, oder als habe er ein dringendes Anliegen, bei dem nur er ihm behilflich sein könnte.

Zuerst hörte ihm der Messdiener unwillig zu. Er schüttelte den Kopf und zuckte mit den Achseln. Doch nachdem sich der Sohn des Müllers nicht abweisen ließ, gab er nach und zeigte auf etwas an der Längswand im linken hintersten Seitenschiff. Jan schien zufrieden mit dem, was der Mesner sagte, denn er drehte sich um und verließ die Kirche, die nun fast völlig leer war.

Ich folgte ihm leise, holte ihn dann aber vor dem Portal ein und tat so, als hätte ich ihn eben erst entdeckt.

»He, Pieter!«, sagte er, worauf ich ihn an Brigittas Vorschlag erinnerte, mir die Stadt zu zeigen. Er zögerte kurz, bevor er darauf einging, und machte dann zur Bedingung, dass er am frühen Nachmittag eine wichtige Verabredung einhalten müsse. Irgendwie schien er mir verändert. Es kam mir vor, als hätte er einen Entschluss gefasst, der ihm ein wenig von der unsichtbaren Last abnehmen könnte, die ihn bedrückte.

Vor dem Portal drängten sich Bettler und Krüppel. Sie streckten jedem, der die Kirche verließ, die Hände entgegen und baten um ein Almosen. Diejenigen, denen der Aussatz oder irgendein anderes Unheil die Hände genommen hatte, bettelten mit ihrer Stimme oder nur mit den Augen. Viele von ihnen waren mir schon am frühen Morgen begegnet. Ob sie sich auch an mich erinnerten, wusste ich nicht, jedoch sahen sie offenbar an meiner Kleidung, dass sie von mir nichts erwarten konnten, und ließen mich in Ruhe.

Diesmal fiel mir ihr Elend besonders auf, weil sich nämlich die anderen Kirchenbesucher noch auf dem Platz vor der Kirche aufhielten. Es war wie ein tiefer Graben zwischen Arm und Reich, Gesund und Krank, Normal und Verrückt, der die Menschen voneinander schied.

Da wir beinahe als Letzte die Kirche verließen, wussten wir nicht, ob die Ausbeute der Armen ergiebig gewesen war oder nicht, ob und wie viel die Reichen gegeben hatten, denn sicher beschränkte sich bei vielen die Mildtätigkeit ausschließlich auf die Zeit nach der Sonntagsmesse.

Jan erzählte mir später, dass das, was diese Ärmsten der Armen am Sonntag erbettelten, für eine Woche reichen musste. Wenn es nicht langte, hungerten sie, es sei denn, dass eines der Klöster sie alle zu einer Freimahlzeit einlud, was aber nicht allzu oft vorkam.

Wir eilten durch die Gasse der Bettler hinaus auf den Platz, auf dem die Kirchenbesucher in Gruppen beieinanderstanden, um Neuigkeiten auszutauschen.

Schon bald entdeckte ich Joachim Patinir und seine Familie, die sich mit Quentin Massys und einigen anderen unterhielten. Die beiden Maler trugen prächtige, weit über ein Ohr herabhängende Samtbarette und Meister Quentin außerdem noch eine Silberkette, die Insignie des Vorstandes der St. Lukasgilde.

Brigitta und Anna standen neben Frau Johanna. Brigitta sah sich gerade um, als ich daherkam, und als sich unsere Blicke kreuzten, wusste ich, dass sie nach mir Ausschau gehalten hatte. Ich weiß nicht, was in mich fuhr, aber ohne lange zu überlegen trat ich neben sie und fragte sie leise, ob wir uns nicht später irgendwo allein treffen könnten, ich hätte ihr etwas zu sagen, was nur sie und mich anginge und sonst niemanden.

»Das schickt sich nicht«, antwortete sie, wobei ihr das Blut ins Gesicht schoss.

Ich stand da und betrachtete verlegen die Spitzen meiner Pantinen. Woher sollte ich auch wissen, was sich damals schickte und was nicht?

»Ich soll gegen Abend eine kranke Base besuchen«, flüsterte sie mir plötzlich zu. »Da muss ich am Hafen vorbei.«

»Wann?«

»So gegen sechs.«

»In Ordnung. Ich werde da sein.«

Da zupfte mich Jan, der mir gefolgt war und so alles mit angehört hatte, am Ärmel und zog mich fort. »Fang bloß nichts an mit ihr!«, zischte er mir ins Ohr. »Sie ist die Tochter eines Mitglieds der St. Lukasgilde, und du bist nur ein einfacher Segelmacher. Das geht nicht. Das darf nicht sein. Du machst sie und dich unglücklich.«

Doch mir sagte sein Ratschlag nicht zu, und deshalb schrieb ich ihn in den Wind.

6

Während wir uns durch die Menge der Kirchenbesucher drängten, zeigte mir Jan noch einige Leute, die im Leben der Stadt eine große Rolle spielten.

»Der dort, mit der eckigen Nase«, sagte er, »der eben Meister Quentin begrüßt, das ist dein Namensvetter Pieter Gillis, der Stadtschreiber, der sich auch Petrus Aegidius nennt. Er ist befreundet mit dem Engländer Thomas Morus, der ihm sogar ein Buch gewidmet hat.«

Wir gingen auf den schmalen Durchgang zu, der den Vorplatz der Kirche von dem großen Marktplatz trennt. Jan zeigte mir noch die Kaufleute Rodrigo d'Almada, Francesco Pesao und Tommaso Bombelli, den Seidenhändler, weil ihm einfiel, dass gestern bei Tisch über sie gesprochen worden war.

Doch allmählich verliefen sich die Kirchenbesucher.

Diejenigen unter den Männern, die am Abendmahl teilgenommen hatten, waren hungrig, denn die Teilnahme verlangte von ihnen, nüchtern zu sein. Vor ihnen waren schon die Frauen gegangen. Sie hatten es immer eilig, weil sie sich um das Mittagsmahl kümmern mussten. Ihnen folgten die Kinder.

Bald befanden sich nur noch wenige Menschen auf dem trichterförmigen Marktplatz, auf dem sich gestern die Menge der Marktbesucher so sehr gedrängt hatte, dass er fast überzulaufen schien. Meine Angst, in diesem Gedränge Jan zu verlieren, war so groß gewesen, dass mir kaum Zeit geblieben war, die umliegenden Häuser zu betrachten. Erst jetzt, als der in Maisonne getauchte Platz sich leer vor mir ausbreitete, fielen mir Pracht und Reichtum der mehrstöckigen Bauten auf, ihre aus Ziegelsteinen errichteten Mauern, die hohen, durch viele Fensterreihen gegliederten Fassaden, die in treppenförmigen Zinnen endeten, und die goldbeschichteten Figuren auf ihren Giebeln.

Jan erklärte mir, dass die meisten von ihnen Zunft- oder Gildehäuser waren, dass jede Zunft die andere mit einem prächtigeren Gebäude zu übertrumpfen versuchte, und dass sie den Namen der Figur trugen, deren Abbild auf dem Giebel angebracht worden war.

»Zum Engel, zum Schaf, zum Meermann, zum Spiegel«, zählte er auf und zeigte auf das jeweilige Haus.

»Und das Haus der St. Lukasgilde – wo ist das?«,fragte ich ihn.

Er führte mich zu einem an einer Gasse gelegenen Eckgebäude. »Das ist es«, sagte er. »Sie nennen es ›Zum Bunten Mantel‹«, und dann erzählte er noch, dass die Maler den heiligen Lukas zu ihrem Schutzpatron erkoren hätten, weil er das erste Marienbild gemalt haben soll.

»Warst du schon mal drin?«

»Nur einmal. Damals, im August vor zwei Jahren, als die Maler am St. Oswaldstag Albrecht Dürer zum Essen einluden. Da durfte ich beim Herrichten der Tafel helfen, die sie mit ihrem kostbarsten Silbergeschirr deckten, und später half ich auch, das Essen aufzutragen«, sagte er und erzählte dann weiter: »Als Meister Albrecht in Begleitung seiner Frau Agnes und der Magd Susanna dort ankam, standen die Bürger draußen Spalier. Die Meister der Gilde verneigten sich vor ihm wie vor einem großen Herren und beteuerten immer wieder, dass sie alles tun würden, um ihm den Besuch in ihrer Stadt so angenehm wie möglich zu machen. Danach, während sie so beieinandersaßen, stand der Stadtsyndikus auf, hielt eine Rede auf ihn und ließ ihm im Namen des Magistrats von zwei Knechten vier Kannen Wein überreichen. Auch der Stadtzimmermann schenkte ihm Wein. Sie feierten Meister

Albrecht bis in die späte Nacht und leuchteten ihm dann in einem langen Zug mit ihren Windlichtern heim bis zu seinem Quartier.«

»Sein Quartier?«, fragte ich. »Wo war denn das?«

»Jobst Plankfeldts Herberge in der Wolstraat. Das ist die Straße, in der die Wollhändler wohnen. Dort war er abgestiegen, und dorthin schickte mich auch Meister Joachim, weil er ihn darum gebeten hatte.«

»Für was brauchte er dich?«

»Ich musste Farben reiben für ihn und einige kleine Tafeln grundieren. Er wollte malen und nicht immer nur mit dem Stift oder der Kohle zeichnen – oh«, seufzte Jan, »damals kam ich mir wie der glücklichste Mensch auf der Welt vor.«

Während der Unterhaltung waren wir eine schmale Gasse hinuntergelaufen. Jan zeigte mir das eben fertiggestellte, überaus prächtige Sandsteinhaus, das die Fleischer für sich erbaut hatten, und die Alte Börse, wo sich die Kaufleute trafen, um Waren zu kaufen oder zu verkaufen. Doch als ich dahinter in eine kleine Straße einbiegen wollte, packte er mich am Arm und zog mich vorbei.

»Was ist?«, fragte ich ihn, neugierig geworden.

»Das ist nichts für uns«, sagte er schnell. »Dort wohnen gewisse Frauen. Das ist nur was für Matrosen.«

Ich hätte diese Frauen gern gesehen, konnte ihn aber nicht dazu bringen, sie mir zu zeigen.

Auf dem Weg zum Hafen kamen wir an vielen Herbergen und Schänken vorbei, über deren Eingangstüren Aushängeschilder angebracht worden waren. Es waren auf Bleche gemalte Figuren oder Gegenstände, die dazu dienten, allen Gästen, die nicht lesen konnten, das Wiedererkennen der Kneipen zu erleichtern. Da schwamm ein goldener Schwan, umrankt von Girlanden, und ein kleines Stück weiter forderte ein Mohr die Leute zum Eintreten au, ein Postillon blies in sein Horn, gegenüber von ihm baumelte ein kleines Lamm, ein Ochse blähte die Nüstern, während zwei Häuser weiter ein weißer Hirsch sein prächtiges Geweih herzeigte.

7

Es roch so sehr nach Fischen und gebratenem Fleisch, aber auch nach süßen Kuchen und anderen Leckereien, dass mir schon bald das Wasser im Mund zusammenlief und mein Bauch zu knurren begann. Doch Gott sei Dank ging es Jan genauso wie mir. »Hast du schon mal Pfannenkuchen mit Speck und Sirup gegessen?«, fragte er mich, und als ich verneinte, lud er mich ein, mit ihm in eine Schänke zu gehen. Ich hatte keine andere Wahl, mein Hunger trieb mich hinter ihm her.

Jan sagte dem Wirt, was wir haben wollten.

Während wir auf das Bestellte warteten und er die anderen Gäste betrachtete, fiel mir zum zweiten Mal auf, wie sehr er sich verändert hatte. Aus seiner Miene war der verstörte, mürrische Ausdruck, den er bisher wie eine Maske mit sich herumgetragen hatte, wie weggewischt.

Doch sosehr ich mir auch den Kopf zerbrach, es fiel mir nichts ein, was diese Veränderung bewirkt haben könnte. Außer der Tatsache, dass er nach der Unterhaltung mit dem Mesner von einer Verabredung am frühen Nachmittag sprach, war nichts Ungewöhnliches vorgefallen, jedenfalls nichts, bei dem ich dabei gewesen war. Wenn ich also mit der Aufdeckung des mysteriösen Todesfalles weiterkommen wollte, blieb mir nichts anderes übrig, als Jan im Auge zu behalten.

Als der Wirt die bestellten Pfannenkuchen vor uns auf den Tisch stellte, war ich so hungrig, dass ich es Jan ohne Zögern nachmachte, den Sirup über dem Speck ausgoss und alles herunterzuschlingen begann. Es war das Beste, was ich je gegessen hatte.

Wir aßen mit den Händen, so wie alle anderen Gäste auch. Der süße Sirup lief uns über die Finger, die wir immer mal wieder abschleckten, und wir schmatzten dabei, weil das in der Eile nicht zu vermeiden war. Bald hatten wir Sirupgesichter, über die die Männer am Nachbartisch grinsten und die wir dann rasch mit dem Ärmel zu reinigen versuchten.

»Magst du ein Bier?«, fragte mich Jan, und da ich den Mund zu voll hatte, um Nein zu sagen, rief er dem Wirt zu, er solle uns noch zwei Bier bringen.

»Du bist in Ordnung«, sagte er nach einer Weile. »Ich freu mich, dass du als Lehrling zu uns kommst. Meister Joachim ist ein guter Lehrherr.«

Da fiel mir auf einmal die verlegte Zeichnung wieder ein, die mit den vier Christophorusfiguren.

»Hast du Meister Albrechts Zeichnung eigentlich wiedergefunden?«, fragte ich ihn und nahm einen Schluck Bier, obwohl es mir überhaupt nicht schmeckte.

Da setzte er auf einmal wieder die Maske auf, wurde blass, während seine Augen unruhig umherhuschten, so als fühlte er sich verfolgt. Es war, als habe ihn meine Frage wieder an etwas erinnert, an das er nicht mehr erinnert werden wollte.

»Was geht das dich an!«, murrte er verdrossen. »Er wird sie selbst irgendwohin gelegt haben. Die findet sich schon – irgendwann.«

Irgendwo in meinem Kopf setzte sich der Gedanke fest, dass mit der verschwundenen Zeichnung irgendetwas nicht stimmen konnte. Doch was konnte der tote Mann mit ihr zu tun gehabt haben? Hatte nicht ein Franzose Joachim Patinir aufgesucht und offenbar gerade für dieses Blatt Interesse gezeigt? Ich überlegte, ob der Sohn des Müllers vielleicht in Geldnöten gewesen sein könnte, ob er aus diesem Grund die Zeichnung an sich genommen hatte, um sie später diesem Agenten zu verkaufen? Das würde erklären, warum er jedes Mal so zusammenfuhr, wenn die Rede auf sie kam. Irgendetwas verheimlichte er, und was es war, musste ich unbedingt herausfinden, denn der Gedanke, Jan könnte etwas mit dem gewaltsamen Tod eines Menschen zu tun haben, ging mir nicht in den Kopf. Ich hatte nämlich inzwischen begonnen, ihn als Freund zu betrachten. Ich mochte ihn, und meine Zuneigung zu ihm war stärker als die Furcht, er könnte ein Mörder sein.

Doch woher hatte Meister Joachim das alles gewusst? Diesem Punkt hatte ich bisher noch viel zu wenig Beachtung geschenkt. War es wirklich eine Vision gewesen?

Wenn meine Annahme stimmen sollte und der Franzose vielleicht wirklich jener Michel Leloup war, über den sich Joachim Patinir und Quentin Massys während des Mittagessens unterhalten hatten, dann hatte Meister Joachim gestern noch nichts von seinem Tod gewusst, sonst hätte er es Quentin Massys gegenüber erwähnt. In der Nacht hatte ich aber das fertige Bild gesehen.

Das alles verwirrte die Fäden noch mehr, obwohl ich schon der Meinung gewesen war, dass sie sich langsam zu lösen begannen.

8

»He, schlaf nicht ein!«

Erst als Jan mich mit dem Fuß anstieß, fuhr ich hoch und bemerkte, dass ich immerzu nur die Tischplatte angestarrt hatte. Ich stellte erfreut fest, dass er die mürrische Maske wieder abgelegt zu haben schien. Sie war wie eine dunkle Wolke gewesen, die der Wind vor sich hertreibt, sodass ihr Schatten über die Landschaft eilt, und wenn er vorbei ist, wirkt alles noch heller als vorher.

Das Bier hatte ihn gesprächig werden lassen. Er erzählte Schnurren und Anekdoten, wobei er auch den Wappergeist erwähnte, dessen Vorliebe es war, die Trunkenbolde zu foppen. Er berichtete mir von seiner Kinderzeit und dass ihn der Vater oft hart hergenommen hatte. Im Alter von acht Jahren musste er schon so schwere Getreidesäcke schleppen, dass ihm der Rücken davon wehtat. Dass er bei Meister Joachim Gehilfe werden durfte, hatte er nur seiner Mutter zu verdanken, die ihrem Mann so lange keine Ruhe ließ, bis er irgendwann nachgab und es erlaubte.

Ich hörte ihm zu und musste mich sehr beherrschen, seine Geschwätzigkeit nicht auszunützen, um ihn nochmals nach der verschwundenen Zeichnung und dem Grund seiner Angst vor dem Willem zu fragen.

Erst als die Glocke den Beginn der zweiten Nachmittagsstunde ankündigte, fiel ihm seine Verabredung ein. »Ich muss gehen«, sagte er und fuhr sich mit beiden Händen durch die Haare, als ob er sie zu ordnen versuchte. »Der Gabriel ruft mich.«

»Der Gabriel?« Ich musste ihn ziemlich dumm angesehen haben, denn er begann laut zu lachen.

»Weißt du nicht, wer der Gabriel ist?«

»Nein. Woher soll ich das wissen?«

»Hach«, seufzte er in komischer Verzweiflung. »Man merkt schon sehr, dass du von weither kommst! ›Gabriel‹ heißt die große Glocke auf dem Turm der Kathedrale. Man kann sie weit, weit übers Land hören.«

»Ach so«, sagte ich. »Woher soll ich das wissen. So etwas muss man mir eben erklären.« Und dabei erinnerte ich mich an das Ave-Läuten vor zwei Tagen und dass ich es weit stromaufwärts gehört hatte.

Jan stand auf und bezahlte mit nur einer einzigen Münze für sich und für mich die Zeche. Danach verließen wir die Schänke. »Für wann hast du dich verabredet?«, fragte ich so harmlos wie möglich, um ihn nicht misstrauisch werden zu lassen.

»Um Glock drei bei Unsrer Lieben Frau, in der Kathedrale«, antwortete er, ohne zu überlegen, erschrak aber gleich darauf, weil er offensichtlich der Ansicht war, zu viel verraten zu haben. »Und was hast du vor?«

»Ich seh mich nach einem Segler um. Vielleicht braucht einer einen Segelmachergehilfen.« Obwohl ich nicht wusste, wie alles weitergehen sollte, war ich doch stolz auf mich, dass mir eine so gute Ausrede eingefallen war.

»Vielleicht haben die Kapitäne der beschädigten Karacken Arbeit für dich«, schlug er vor, froh darüber, das Thema schnell wechseln zu können. »Sie haben bei dem Zusammenstoß sicher auch Segel verloren.«

»Das ist ein guter Einfall«, sagte ich. »Aber zuerst begleite ich dich noch bis zu deinem Verabredungspunkt.«

Das war ihm nicht recht, doch er wusste offenbar nicht, wie er mich loswerden könnte.

Wir hatten noch etwas Zeit, und deswegen ging er mit mir noch durch einige Gassen und über den alten Kornmarkt. Wir bummelten dahin und unterhielten uns über dies und das. Ich fragte ihn, ob er schon eine Freundin habe, worauf er mich völlig entgeistert ansah. »Du meinst, eine Braut?«,

»Jaja, natürlich.«

»Mein Vater hätte gern, dass ich die Tochter eines anderen Müllers zur Frau nähme«, erzählte er dann. »Sie brächte eine gute Mitgift mit in die Ehe. Aber ich will sie nicht. Sie ist dick und hässlich.«

»Magst du Brigitta?«

Was ritt mich auch der Teufel, dass ich ihn das fragte, denn wieder setzte Jan seine Maske auf. Sein Gesicht nahm den verschlossenen Ausdruck an, den ich kannte. Ich erhielt keine Antwort. Da wurde mir klar, dass er Brigitta mochte und dass er sich Quentin Massys zum Vorbild nahm, der seine Vorliebe für ein Mädchen und für die Malerei so glücklich in Verbindung gebracht hatte.

Nach einer Weile sagte er nur: »Ich geh jetzt. Du brauchst mich nicht weiter zu begleiten.« Kein Lebewohl, kein Auf Wiedersehen, nichts davon, dass wir uns ja wiedertreffen würden, wenn ich meine Lehre bei Meister Joachim anträte, nichts, nichts, nichts.

Er rannte so schnell davon, dass er um die nächste Ecke verschwunden war, bevor ich mich von meiner Überraschung erholen konnte.

9

Doch ich wusste ja, wo er sich verabredet hatte, und ich wusste auch, wann. So ließ ich mir Zeit, schlenderte noch eine Weile durch die von der Sonne beschienenen, leeren Gassen, sah mir die Häuser an und überlegte, dass sich in jedem von ihnen viele Schicksale erfüllten. Und weil über den Dächern immer wieder der hochragende Turm der Kathedrale zu sehen war, hatte ich keine Angst, mich zu verlaufen.

Und dann erschrak ich doch, als die mächtige Glocke zu schlagen begann. Ich rannte los, die Gasse entlang und um zwei Ecken, doch als ich vor dem großen Portal anlangte, war niemand zu sehen. Natürlich war es verschlossen. Das hätte ich mir denken können. Ich lief um die Kirche herum und versuchte mein Glück an den Seitenportalen. Schließlich, als ich es schon aufgeben wollte, fand ich ein schmales Türchen, das unverschlossen war.

Ich huschte hinein und blieb zuerst einmal schwer atmend stehen, bis sich mein Herzschlag beruhigt hatte. Keinen Augenblick kam mir der Gedanke, dass sich Jan mit jemandem nur vor dem Eingang verabredet hatte, um mit ihm woanders hinzugehen. Nachdem sich meine Augen wieder an das gedämpfte Licht gewöhnt hatten, sah ich mich um. Aber nirgends war auch nur ein Schatten von dem Sohn des Müllers zu sehen. Immer noch hing auf dem großen Altarbild Christus am Kreuz, brannten die Kerzen auf dem Altartisch, trugen die riesigen, hochragenden Pfeiler das mächtige Kreuzgewölbe. Immer noch malten die durch die Glasfenster fallenden Sonnenstrahlen bunte Flecke auf den steinernen Kirchenboden.

Einmal glaubte ich, Holz knarren zu hören.

Doch ich schien mich getäuscht zu haben. Alles blieb still. Aber plötzlich öffnete sich die Türe zur Sakristei, und der

Priester betrat die Kirche. Er hatte ein einfaches, schwarzes Gewand angelegt.

Ich huschte zu einem Pfeiler, um nicht von ihm entdeckt zu werden, beobachtete, dass er dem linken Seitenschiff zustrebte, wo er hinter einigen Säulen meinen Blicken entschwand. Danach, und jetzt viel deutlicher, vernahm ich wieder das Knarren von Holz.

Nach einer Weile schlich ich ihm nach und entdeckte dort an der Wand eine Reihe von geschnitzten Figuren, zwischen denen Beichtstühle angebracht waren. Bei einem war der Vorhang zugezogen. Ohne lange zu überlegen, versteckte ich mich in dem übernächsten Beichtstuhl, weil mir der nächste zu gefährlich erschien und man mich dort vielleicht atmen hören könnte. Obwohl auch bei mir das Holz ächzend nachgab, als ich mich auf der schmalen Bank niederließ, fiel das offenbar weder Jan noch dem geistlichen Herrn auf. So leise wie möglich zog ich den Vorhang zu.

10

Ich wusste, dass das, was ich vorhatte, verwerflich war. Ich war dabei, den Sohn des Müllers, der sich mir gegenüber als ein guter Freund erwiesen hatte, zu belauschen, nur um zu erfahren, was sein Gewissen so sehr belastete und warum er sein wahres Gesicht immer wieder hinter einer Maske verbarg, der Maske aus Angst und Schuld. Ich redete mir ein, dass ich ihm dann vielleicht helfen könnte, doch der wahre Grund war Neugier und dass ich ja hier war, um hinter das Geheimnis von Joachim Patinirs Christophorusbild zu kommen.

Ich war so nahe, dass ich die flüsternden Stimmen gerade noch verstehen konnte.

»Der Herr sei in deinem Herzen und auf deinen Lippen, damit du alle deine Sünden recht beichtest: *In nomine Patris et Filii et Spiritus Sancti. Amen*«, sagte der Priester.

Da begann der Sohn des Müllers zu sprechen, doch zu meinem größten Verdruss sprach er so leise, dass ich fast nichts von dem verstand, was er sagte.

»Fürchte dich nicht, mein Sohn, und erleichtere dein Gewissen! Der Herr wird dir vergeben, wie er schon vielen vergeben hat«, ermutigte ihn der geistliche Herr.

Da fasste sich Jan ein Herz, und als er zu reden begann, erhob er seine Stimme ein wenig, sodass ich mehr verstehen konnte.

»Ich halte es nicht mehr aus, kann es nicht länger allein mit mir herumtragen, dass durch mich ein Mensch zu Tode gekommen ist. Durch mich, aber nicht durch meine Hand«, sagte er.

»Das musst du mir näher erklären, mein Sohn«, forderte ihn der Beichtvater auf.

Und so erfuhr ich, warum sich der Müllerssohn schuldig fühlte.

»Ihr müsst wissen«, begann er, und wieder fiel seine Stimme so ab, dass mir viele Worte entgingen. Doch das, was ich nicht verstand, ergänzte ich in meinem Kopf und gebe es hier mit diesen Ergänzungen wieder. »Ihr müsst wissen, dass ich bei einem Meister der St. Lukasgilde angestellt bin. Und weil ich selbst gern ein Maler werden möchte und beobachtet habe, dass mein Meister häufig die Zeichnungen anderer als Vorlage für seine Figuren benützt, fand ich nichts dabei, diese Zeichnungen manchmal mit nach Hause zu nehmen, um sie dort zu kopieren und Erfahrungen zu sammeln. Wenn ich sie abgezeichnet habe, bringe ich sie immer zurück oder tausche sie um.«

»Weiß das dein Meister?«

»Nein. Ich hatte nicht den Mut, ihn zu fragen. Bin ja eigentlich nur ein Gehilfe und kein Schüler.«

»Sprich weiter!«, ermahnte ihn der Priester, weil Jan eine lange Pause machte.

»Ich weiß nicht, ob Ihr gehört habt, dass sich im letzten Jahr der berühmte Albrecht Dürer für längere Zeit hier aufhielt?«

»Ich habe davon gehört«, sagte der Priester.

»Er pflegte regen Kontakt mit meinem Meister, in dessen Folge ich das Glück hatte, ihm einige Male behilflich sein zu dürfen. Kurz nach der Hochzeit meines Herrn, bei der auch Meister Albrecht anwesend war, schenkte dieser ihm ein Blatt mit vier Christophorusfiguren auf grauem Papier. Sie waren so einfühlsam und mit so sicherer Hand gezeichnet, wie es eben nur Meister Albrecht kann …«

»Komm zur Sache, mein Sohn!« Die Stimme des Priesters klang uninteressiert und müde.

»Als uns Meister Joachim diese Zeichnung zeigte, beschloss ich sofort, sie bei der nächsten sich bietenden Gelegenheit mit heimzunehmen und sie zu kopieren, doch er machte mir einen Strich durch die Rechnung, weil er sie entgegen seinen sonstigen Gewohnheiten unter Verschluss nahm.

Kurze Zeit später begann er ein Bild zu malen, das er ebenfalls vor uns verbarg, und ich vermutete gleich, dass er dafür Meister Albrechts Zeichnung als Vorlage benützte. Wie dem auch war, vor einigen Tagen fand ich sie zwischen anderen Skizzen unten bei uns in der Werkstatt wieder, woraus ich schloss, dass Meister Joachim sie nicht mehr brauchte. Am Donnerstag kam dann endlich die Gelegenheit, auf die ich so lange gewartet hatte. Ihr wisst ja, dass gegen Mittag viele Menschen vor dem Haus eines Lutheraners zusammenliefen, und dass kurz darauf die Feuerglocke zu läuten begann. Das brachte viel Unruhe mit sich. Veit, Jacob und Lucas, die mit

mir im gleichen Raum arbeiteten, rannten hinaus auf die Gasse, um sich nach dem Grund dieser Unruhe zu erkundigen, während zur gleichen Zeit Meister Joachim einen fremden Besucher durch die Werkstatt führte und die zum Teil noch nicht vollendeten Bilder betrachtete. Da ging ich, so als ob es so sein müsste, zu dem Stapel, unter dem Meister Albrechts Zeichnung lag, und nahm sie an mich.

Leider entging mir, dass mich der Fremde dabei beobachtet hatte. Ich schob die Zeichnung einfach nur unter mein Wams, was leichtsinnig war, aber bisher ist es ja immer gut gegangen. Ich wollte sie ja nicht stehlen, sondern sie nur kopieren und dann wieder zurückbringen, so wie ich es immer tat.«

Wieder machte Jan eine Pause. Mir schmerzten die Beine vom langen Knien, und deshalb stand ich kurz auf, erschrak aber so über das Knarren der Bank, dass ich mich gleich wieder niederließ.

»Dass mir der Fremde folgte, merkte ich erst, als ich zu Hause ankam«, fuhr Jan fort. »Er holte mich ein, kurz bevor ich die Mühle erreichte, und bat mich, ihm wenigstens einen Blick auf das Blatt zu gestatten, weil er, wie er mir sagte, ein großer Kunstkenner sei. Ich fühlte mich entlarvt und erschrak sehr, zeigte es ihm aber nach einigem Zögern und spürte sofort, dass er alles daransetzen würde, die Zeichnung in seinen Besitz zu bringen. Der Versuch, sie ihm wieder abzunehmen, scheiterte daran, dass er einige Schritte rückwärts machte. Glücklicherweise kam im selben Moment mein Vater aus dem Haus, weil er uns von dort aus beobachtet hatte. Er fackelte nicht lange und forderte mit barschen Worten den Fremden auf, mir unverzüglich das Blatt zurückzugeben. Es gab einen immer heftiger werdenden Wortwechsel, der schon bald in Tätlichkeiten ausartete. In seiner Wut beschimpfte uns der fremde Mann. Er nannte uns *cretins* und *assasins*, was Mörder bedeutet. Zugleich zog er ein Messer aus dem Gürtel. Mein Vater und ich waren unbewaffnet. Wir versuchten, ihn festzuhalten, was uns auch gelang. Es fiel ihm ja ziemlich schwer, sich gegen uns zur Wehr zu setzen, da er mit einer Hand immer noch die Zeichnung festhielt und mit der anderen das Messer. Und als wir annahmen, dass er sich endlich beruhigt hätte, ließen wir ihn wieder los, wobei er unglücklicherweise das Gleichgewicht verlor. Er strauchelte, stürzte zu Boden und in die eigene Klinge, die ihm tief in die Seite drang.«

»Wie schrecklich!«, stöhnte der geistliche Herr voller Entsetzen. »Was geschah dann?«

»Im ersten Augenblick waren mein Vater und ich wie gelähmt. Röchelnd wälzte sich der fremde Mann vor uns auf der Erde, während das Blut aus einer klaffenden Wunde über die Zeichnung strömte, die er immer noch fest umklammert hielt. Obwohl wir uns sehr um ihn bemühten, hörte er schon bald auf zu atmen. Nachdem wir uns von unserem Entsetzen erholt hatten, packte ihn mein Vater an den Füßen und schleifte ihn zum Schuppen, um ihn vor fremden Blicken zu verbergen und um Zeit zu gewinnen, damit wir überlegen könnten, was weiter geschehen sollte.«

Erschöpft schwieg Jan eine Weile und setzte erst seine Beichte fort, als er dazu aufgefordert wurde.

»Zuerst durchsuchten wir die Leiche und fanden dabei einen Brief, den wir aber nicht verstanden, weil er in französischer Sprache abgefasst war. Da wir annahmen, er könnte den Mann identifizieren und dadurch den Verdacht auf uns lenken, verbrannten wir ihn. Später entschied mein Vater, dass wir die Leiche wegbringen sollten. So zerrten wir sie nach Einbruch der Dunkelheit einen moorigen Pfad entlang und zum Ufer des Flusses hinunter, wo wir in einer kleinen Bucht einen Kahn liegen hatten, mit dem wir gewöhnlich zur Felseninsel hinüberruderten. Mein Vater war der Ansicht, dass wir den Toten ein gutes Stück flussaufwärts ins Wasser werfen sollten, so weit weg von unserem Zuhause, dass er gefunden würde, bevor ihn die Strömung auf die Höhe der Mühle getrieben hätte. Das würde den Verdacht ablenken von uns, denn wenn überhaupt, dann würde man nur stromaufwärts nach einem Verdächtigen suchen. Zuerst wollte ich ihm ja helfen, doch dann befahl mir mein Vater, heimzukehren und ihn bei meiner Mutter zu entschuldigen, ohne den schrecklichen Vorfall zu erwähnen. »Es ist besser für sie, wenn sie erst später davon erfährt«, sagte er. Ich half ihm, die Leiche ins Boot zu heben, doch bevor er vom Ufer abstieß, nahm ich noch einmal die Zeichnung zur Hand.

»Wir hätten sie auch verbrennen sollen«, sagte ich. »Sie ist ein Beweisstück.«

»Wirf sie ins Wasser!«, befahl mir mein Vater, doch ich drehte sie hin und her und konnte mich nicht entschließen. Das Blut des Fremden hatte sie völlig verdorben. Das hatte ich gesehen, solange es noch hell genug war. Nicht einmal gegen das Licht waren die Federstriche noch zu erkennen gewesen. Kurzerhand steckte ich sie unter den Gürtel des Toten, denn was jetzt noch zu sehen war, würde die Strömung wegwaschen. Und irgendwie war es, als entschuldigte ich mich bei dem fremden Mann, indem ich ihm das, was er haben wollte, im Tod noch zukommen ließ.

Meiner Mutter sagte ich, dass mein Vater zu einem Nachbarn gerufen worden wäre, weil dort eine Kuh zu kalben begänne und man seine Hilfe dringend brauchte. Und als er dann schließlich am frühen Morgen völlig verdreckt heimkam, fragte ihn meine Mutter nicht lange, wo er gewesen sei, denn schließlich ist die Geburt eines Kalbes kein sauberes Geschäft. Mein Vater erzählte ihr später alles.

Am nächsten Tag fühlte ich mich so schlecht, dass ich nicht zur Arbeit ging. Am frühen Nachmittag kam ein grässlicher, schielender Kerl durch den Hof, der sich kurz mit meinem Vater unterhielt und ihn fragte, ob er wüsste, dass offenbar französische Spione die Gegend unsicher machten. Sehr viel später fiel mir dann ein, dass ich ihm früher schon mal begegnet war und dass er als Knecht in einem Kloster arbeitete. Er erzählte meinem Vater, er hätte so einen Spion gesehen, doch der wäre tot gewesen. Da wusste ich, dass man den Fremden gefunden hatte. Seither habe ich keine ruhige Minute mehr gehabt, denn ich fühle mich schuldig an seinem Tod. Hätte ich die Zeichnung nicht an mich genommen, wäre er mir auch nicht gefolgt. Dann hätten wir nicht gestritten, und er wäre nicht in sein Messer gefallen.«

Mit einem tiefen Seufzer beendete Jan seine Beichte.

»Der allmächtige Gott erbarme sich deiner. Er lasse dir die Sünden nach und führe dich zum ewigen Leben. Amen.« Dann fügte er lateinisch hinzu: *»Ego te absolvo a peccatis tuis, in nomine Patris et Filii et Spiritus Sancti. Amen.«*

Und weil ich annahm, dass die Beichte ihrem Ende zuging, stand ich schnell auf und schlich mich davon, damit mich hier niemand entdeckte.

11

Kurz nachdem ich die Kirche verlassen hatte, schlugen die Glocken zur vierten Nachmittagsstunde.

Ohne zu überlegen, wohin ich gehen sollte, lenkte ich meine Schritte über den großen Marktplatz zum Hafen hinunter. Nicht ein einziges Mal sah ich zur Festung hinüber, auch die havarierten Schiffe interessierten mich kaum noch. Ich stolperte über den Landungsplatz, setzte mich auf einen der Pflöcke, an denen die Schiffe vertäut wurden, und begann, nachzudenken.

Ich war verstört. Jans Beichte war eine große Überraschung für mich gewesen. Mit ihr hatte sich das Geheimnis um den Toten am Fluss endgültig gelüftet. Jan war zwar kein Mörder, doch er war auch nicht unschuldig am Tod dieses Mannes. Dass der Klosterknecht Willem, der mir lange Zeit sehr verdächtig erschien, nichts mit dem Todesfall zu tun hatte, war mir schon seit dem Gespräch zwischen ihm und den Mönchen klar. Der Tote war also wirklich jener Franzose Michel Leloup, der sich in den Niederlanden Michel van Wulfen nannte und der im Auftrag des reichen Conte Louis Philippe de la Roche-Guyon, eines Kunstsammlers, Werke von Dürer kaufen sollte. Er hatte erfahren, dass sich Meister Albrecht während seines Aufenthaltes in dieser Stadt mit Joachim Patinir angefreundet und dass dieser mindestens eine, möglicherweise auch mehrere Zeichnungen von ihm erhalten hatte. Zufällig beobachtete dieser Franzose, als er Meister Joachim besuchte, dass einer der Knechte ein Blatt unter sein Wams steckte, und weil er etwas von seinem Fach verstand, musste er das graue Papier erkannt haben, das Dürer oft für seine Skizzen verwendete.

Dass das Papier unter dem Gürtel des Toten die zuerst blutbeschmutzte und später ausgewaschene Zeichnung von

Albrecht Dürer war, hatte ich durch Jans Geständnis erfahren. Welche Buße ihm der Priester nach seiner Beichte auferlegt hatte, wusste ich nicht. Hatte er zwanzig Vaterunser hintereinander beten müssen? Und dazu noch zehn Avemaria? Oder hatte er ihm einfach nur einen Ablasszettel verkauft?

Das Einzige, was an alledem rätselhaft blieb, war Meister Joachims Bild – das Gemälde, auf dem er in den Vordergrund den heiligen Christophorus gemalt hatte, wie er das Kind über den Fluss trug, während sich im Hintergrund alle diese geheimnisvollen Ereignisse abspielten, denen ich auf der Spur war. Als Vorlage für den Heiligen hatte ihm wahrscheinlich eine der vier Christophorusfiguren gedient, die Albrecht Dürer gezeichnet hatte. Alles andere meinte er geträumt zu haben, wie er es Quentin Massys erzählt hatte.

Die Frage, ob ein Mensch etwas träumen kann, was erst viele Monate später eintritt, konnte ich nicht beantworten, obwohl ich schon öfters gehört hatte, dass es so etwas wie Visionen geben soll. Ich dachte lange darüber nach, fand aber keine Erklärung.

Inzwischen war der Wind wieder stärker geworden. Der Geruch nach Pech, nassem Holz, nach Seetang und Fischen trieb durch die Gassen der Stadt. Im Westen neigte sich die Sonne langsam dem Meer zu. Aufgeplusterte, dicke Wolken zogen über den Himmel, und die Berge verschwammen im Dunst des Nachmittags. Die im Hafen vertäuten Schiffe bewegten sich sachte im Rhythmus der Wellen. Ab und zu schlug eine Rahe an einen Mast, oder ein Matrose warf einen an einem Tau befestigten hölzernen Eimer ins aufplatschende Wasser, um ihn gleich darauf gefüllt wieder hochzuziehen.

Über allen diesen Geräuschen wehte wie ein Hauch der Chor der Stimmen, die Josquin Desprez' Lieder sangen.

Sie waren hinter und über mir, kamen manchmal von

vorn, dann wieder von einer oder der anderen Seite und hüllten mich ein. Sie erinnerten mich an Brigitta und daran, dass ich die mir selbst gestellte Aufgabe eigentlich erledigt hatte.

Und während ich den über den Himmel ziehenden Wolken nachsah, überlegte ich mir, dass der Wind und die Musik ebenso wie die Zeit nur durch die Bewegung leben. Stillstehen bedeutet für sie dasselbe wie Tod. Und Tod, das ist nie endender, traumloser Schlaf.

Und auf einmal sah ich Brigitta. Sie kam durch das Tor, das den Landungsplatz von der Stadt trennte, und trug ihren Einkaufskorb am Arm. Im Mieder steckte ein frisches Brusttuch. Die langen goldenen Haare fielen offen über ihre Schultern.

Ich sah ihr entgegen, als sie auf mich zukam, erkannte, dass sie sich ebenso freute, mich hier zu treffen wie ich, sah, wie der Wind mit ihren Haaren spielte, und hörte, dass sie ein Lied vor sich hin trällerte:

Die Grille ist ein guter Sänger,
die einen langen Vers hält,
Die Grille – die Grille –
tralalala –
die Grille singt einzig um Liebe.

Zum dritten Mal sang jemand eines der Lieder, das zur gleichen Zeit von dem Endlosband in meinem Kassettenrekorder wiedergegeben wurde. Meister Josquins Musik hatte mich ständig begleitet und war immer um mich gewesen. Einige Male hatte sie mir der Wind nachgetragen, dann wieder kam es mir vor, als zwitscherten sie die Vögel oder als rauschte sie zwischen den Blättern der Bäume.

Es war das dritte Mal, dass ich sie von einem Menschen vernahm.

Drei Wünsche hast du frei, sagte der Zauberer. Drei Aufgaben musst du lösen, verlangte die Prinzessin von ihrem Liebhaber, und die Müller in den Märchen hatten meistens drei Söhne. Das hatte doch etwas zu bedeuten?

»Da bist du ja, Pieter!«, sagte Brigitta lächelnd.

»Da bist du ja, Brigitta«, antwortete ich.

Mehr fiel mir nicht ein, obwohl ich mir vorher so viele schöne Worte zurechtgelegt hatte. »Ich mag dich«, hatte ich ihr sagen wollen. »Du hast so wundervolle Haare und deine Augen haben die Farbe des Wassers, wie es dein Vater malt. Ich mag dich, Brigitta. Lass uns zusammenbleiben!« Doch ich brachte kein Wort heraus. Und auf einmal war es, als ob das Abendlicht explodierte, und so, als ob eine kräftige Faust mit einem einzigen Schlag ein aufgespanntes Papierbild zerschlägt, dessen zerrissene Fetzen auseinanderfliegen. Schwärze löschte alles Geschehen um mich herum aus, und eine schreckliche Stille dröhnte in meinen Ohren, durch die nur die Stimme meiner Mutter drang: »Um Himmels willen, Peter, was soll das? Stell doch endlich den verdammten Kasten ab!«

Doch sie hatte es ja selbst schon getan.

12

Niemand kann ermessen, wie entsetzlich der Schock für mich war, als meine Mutter den Kassettenrekorder abschaltete. Ich hatte in meinem Zimmer auf dem Bett gelegen. Die Fensterläden waren noch geschlossen. Die Wand gegenüber von meinem Bett war dunkel, denn das Dia mit dem Gemälde war in der Glühbirnenhitze des Reflektors geschmolzen. Auch der Ventilator war durchgebrannt, doch neben ihm stand unberührt die Schüssel mit den Algen aus dem kleinen Teich im Park. Ich hatte wieder meine eigenen Kleider an, und meine Mutter nahm offensichtlich an, ich sei eingeschlafen, während ich mich mit Musik berieseln ließ.

Später erzählte sie mir, sie habe auf der Treppe den Hausmeister getroffen und der habe sich bitter darüber beschwert, dass seit ihrem Fortgang in ihrer Wohnung ständig Musik gespielt wurde. Immer dasselbe Jaulen. Tag und Nacht. »Immer diese Rockmusik!«, murmelte sie verärgert.

Sie hatte überhaupt nicht hingehört, bevor sie auf den Knopf drückte. Doch das war ich schon gewöhnt. So machte sie es oft.

Als sie sah, dass alles, was sie in der Küche für mich hergerichtet hatte, unberührt war, wurde ihr klar, dass ich zwei ganze Tage so zugebracht haben musste. Da erschrak sie auf einmal, und ich merkte, dass sie sich sehr quälte, eine Erklärung für das alles zu finden. Ich ließ sie mit ihren Vermutungen allein, denn die Wahrheit würde sie doch nicht verstehen. Niemand würde mir glauben. Niemand.

Kam es mir doch selbst schon unwahrscheinlich vor, dass ich mit Hilfe eines Diapositivs und mit Musik aus der Zeit sowie noch einiger anderer Dinge mich selbst in ein Gemälde versetzt hatte.

13

Es wurde mir schon bald bewusst, dass ich mich sehr verändert hatte. Ohne dass ich es wollte, verglich ich ständig mein jetziges Leben mit dem der Menschen vor mehr als vierhundert Jahren. Es war nicht so, dass ich das eine oder andere besser fand. Jedes hatte seine Vor- und seine Nachteile. Damals wie heute gab es Krieg und Gewalt, Hunger und Armut, und doch war da ein Magnet, der mich in das Gemälde zurückzog, der mich wünschen ließ, wieder den schmalen Weg auf die Stadt zu zu laufen, auch wenn ich mich abermals vor den Söldnern verstecken musste, der mich in Gedanken durch die Gassen der Stadt führte und den Bauern begegnen ließ, die dem Markt zustrebten, sowie den Frauen in ihren gestärkten Hauben mit ihren Einkaufskörben. Auch Meister Joachims Haus sah ich vor mir und die Werkstatt und Jan und natürlich Meister Joachim selbst, mit seiner kühnen Nase und dem durchdringenden Blick. Doch am häufigsten beschwor ich das Bild von Brigitta in meinem Inneren herauf, sah sie immer wieder vor mir, so wie sie mir zuletzt erschienen war, in dem schlichten Kleid und dem Mieder mit dem weißen Brusttuch, den Einkaufskorb am Arm, beobachtete, wie ihr Gesicht im Abendlicht schimmerte und der Wind in ihren Haaren spielte, und hörte, wie sie mit ihrer weichen Stimme zuerst das Lied von der Grille trällerte und dann »Da bist du ja, Pieter« sagte.

Eines Nachts, als ich nicht schlafen konnte, kam mir der Gedanke, dass ich fast alles, was in dem Bild geschah, passiv erlebt hatte. Ich hatte mich einfach treiben lassen und gewartet, was auf mich zukam, hatte Gespräche belauscht und mich umgesehen, aber nie in die Ereignisse eingegriffen, die sich ja schon vor so langer Zeit abgespielt hatten und deren Ablauf nicht mehr zu ändern war. Nur bei Brigitta war das anders gewesen. Ich hatte den Versuch unternommen, das Mädchen für mich zu gewinnen, und das kam mir jetzt so vor, als sei ich ein Theaterbesucher gewesen, der durch das Eingreifen in den Handlungsablauf die Spielregeln verletzte und die Dramaturgie durcheinanderbrachte.

Jan hatte mich davor gewarnt, doch ich hatte seinen Rat in den Wind geschrieben und der hatte ihn davongeblasen, wohin auch immer.

Ich wollte nicht einsehen, dass damals das Schicksal Brigitta wahrscheinlich für einen braven Mann vorgesehen hatte, den sie dann heiratete und viele Kinder mit ihm bekam. Dieser Gedanke tat weh, so weh, dass es mir schwerfiel, damit fertig zu werden.

Wieder schlug ich in den Büchern nach, ob irgendetwas von Brigitta darinstünde. Aber ich fand nur eine Information, dass Meister Joachims drittes Kind abermals ein Mädchen gewesen war, das den Namen Petronella erhielt. Lange Zeit hoffte ich, dass irgendein Forscher herausgefunden hätte, Joachim Patinirs älteste Tochter habe einen jungen Maler geheiratet, der früher einmal ein Segelmacher gewesen sei. Doch ich fand nichts in den Büchern darüber und auch nichts, ob ihr Ehemann der Sohn eines Müllers mit dem Vornamen »Jan« gewesen war.

Als dieser Schmerz nachließ, beschäftigte ich mich von Neuem mit der noch ungelösten Frage, woher Meister Joachim wissen konnte, was erst viele Monate später geschehen würde.

Eines Tages, es war inzwischen Sommer geworden und die großen Ferien standen vor der Türe, sprachen wir in der Schule über moderne Psychologie und die großen Analytiker. Dabei erklärte uns der Lehrer, woher Träume kommen und was sie bedeuten können, und dass es möglich sei, Dinge zu träumen, die erst in der Zukunft stattfinden würden, weil wir in unserem Unterbewusstsein Fakten speichern, deren mögliche Folgen uns oft erst im Traum klar werden.

Das ging wie ein Blitz durch mich hindurch, und ich machte mich daran, die auf dem Bild wiedergegebenen Ereignisse auf ihre Vorhersehbarkeit zu untersuchen. Vorhersehbar war der marodierende Söldnerhaufen, weil durch den Zwist der Niederlande mit Frankreich in der Nähe der Grenzen immer wieder Scharmützel ausgefochten werden mussten.

Vorhersehbar war auch der Zusammenstoß der Schiffe, weil die Fahrrinne schmal war und die stolzen Kapitäne sich oft nicht an die Vorschriften hielten. Das hatte Jan mir schon erzählt, als wir darüber sprachen.

Auch, dass irgendwann ein Bürger der Stadt von Martin Luthers Reformen begeistert sein würde, war nicht schwer vorauszusagen. Wie seine Nachbarn und die Inquisition darauf reagieren würden, konnte sich jeder leicht ausmalen.

Nur das Geheimnis um den toten Mann am Ufer des Flusses und warum die beiden Mönche das kleine Floß festhielten, auf das man ihn gebunden hatte, nur warum ein riesiger Mann in der Hütte des Einsiedlers seine Kleider über ein Feuer hielt und was die Szene im Hof des Müllers bedeuten sollte, war nicht zu erklären.

Eines Abends, als mich meine Mutter in ihr Zimmer schickte, um etwas für sie zu holen, fiel mir die auf ihrem Schreibtisch liegende gläserne Kugel auf und dass sie in Größe und Schliff Ähnlichkeit mit derjenigen hatte, die ich in Joachim Patinirs kleinem Atelier gesehen hatte. Ich nahm sie mit in die Küche und fragte meine Mutter nach ihrer Bedeutung.

»Das hab ich dir doch schon mal erzählt«, sagte sie ungehalten, weil ich das, was ich ihr bringen sollte, vergessen hatte. »Illy hat sie mir geschenkt, weil sie der Ansicht ist, ich sei so ein Typ, der mit so was in die Zukunft sehen könnte.«

»Und, ist es dir gelungen?«

»Ach was! Es ist eine Frage der Konzentration. Du musst dich davorsetzen, alle deine Gedanken auf sie konzentrieren und warten, was geschieht. Und außerdem musst du daran glauben. Mir fällt so was schwer. Da hat sich Illy getäuscht. Ich bin nicht der Typ, der sich gern mit diesen Dingen beschäftigt. Na ja, vielleicht lerne ich es noch, und wenn nicht, benütz ich sie eben weiter als Briefbeschwerer.«

Da schoss es mir durch den Kopf, dass man damit vielleicht Meister Joachims Geheimnis erklären könnte. Hatte er die Fähigkeit besessen, in einer Kristallkugel die Zukunft zu sehen?

Vielleicht war es ihm nicht so sehr darauf angekommen, dem Christuskind einen Reichsapfel als Sinnbild der Welt in die Hand zu geben, als mit der Kugel einen Hinweis zu hinterlassen, dass er die schrecklichen Ereignisse zwar kommen sah, sie jedoch weder verstand, noch sich fähig fühlte, sie abzuwenden?

Ich gab mich damit zufrieden, doch als der Sommer seinem Ende zuging und sich die Bäume langsam gelb und rot zu färben begannen, als im Park die Blätter der Schwertlilien welkten und ein Blatt nach dem anderen ins Wasser zurücksank, wo es langsam verfaulte, wuchs eine große Unruhe in mir.

Im Frühling, wenn Veit und Jacob auf Wanderschaft gingen, würde mich Meister Joachim dann zurückerwarten?

Ich hatte ihn so darum gebeten, sein Schüler werden zu dürfen, und jetzt sah ich mich außerstande, meine Lehrstelle anzutreten, denn das Diapositiv war zerstört, nur das Buch, in dem das Gemälde abgebildet war, und der Kassettenrekorder waren mir geblieben.

Immer wieder fragte mich meine Mutter, ob ich mich wohl fühle oder ob ich krank sei, wenn ich ihr schweigend bei Tisch gegenübersaß. Auch das Essen schmeckte mir nicht. Ich dachte immer an Brigitta, nur an sie und an niemand anderen. Als der Winter mit seinen dunklen Tagen kam, glaubte ich manchmal, ich hielte es nicht mehr aus, würde verrückt oder sonstwas. Deshalb begann ich diesen Bericht, der mir helfen sollte, das Vergangene zu bewältigen. Ich bemühte mich sehr, ihn so genau wie möglich zu schreiben, versuchte, nichts auszulassen und nichts hinzuzufügen und alles so zu schildern, wie ich es wirklich erlebt und was ich dabei gedacht und gefühlt hatte. Doch jetzt, nachdem ich alles aufgeschrieben habe, sitze ich in meinem Zimmer und grüble und warte darauf, dass es mir besser geht, und verstehe dabei sehr gut, dass Männer wie der Dichter Lenz oder der Maler Vincent van Gogh infolge ihrer Grübelei irgendwann den Verstand verloren haben.

Hier brach das Manuskript ab. Ich konnte nicht sagen, dass es endete, denn es war ein Abbruch, und irgendwie hatte ich das Gefühl, dass es weitergehen müsse. Auf den letzten Seiten hatte sich die Handschrift verändert. Die Buchstaben waren zerfahrener geworden, der Abstand zwischen den Zeilen wechselte ständig und die Fehler häuften sich, so als ob es dein Schreiber völlig gleich gewesen sei, was für einen Eindruck seine Geschichte machte.

Ich hatte die halbe Nacht durch gelesen, weil es mir unmöglich gewesen war, aufzuhören, und irgendwie regte mich das alles auf, aber ich wusste nicht, was ich dagegen tun sollte.

Doch gerade als ich das letzte Heft weglegen wollte und es mir dabei aus der Hand rutschte und auf den Boden fiel, schlug sich im Fallen eine der hinteren unbeschriebenen Seiten aus. Irgendjemand hatte mit einem Klebestreifen ein Stück Papier auf sie geklebt. Es war eine Nachricht. Ob sie für mich bestimmt war oder nur so hingeschrieben wurde, konnte ich nicht erkennen. Sie lautete:

Vielleicht wäre es gut, wenn dieser Bericht veröffentlicht werden könnte. Vielleicht wird er diejenigen, die etwas Ähnliches vorhaben, abschrecken, vielleicht fiele er auch meinem Sohn Peter in die Hände und brächte ihn zurück zu mir, seiner traurigen Mutter.

Nachdem er in äußerster Niedergeschlagenheit den Winter überstanden hatte, war ich der Ansicht, dass sein Zustand sich besserte, denn er begann, jeden Tag in den Park zu gehen. Fast immer besuchte er bloß den kleinen Teich, wo er sich auf eine Bank setzte und die Blumen ringsum zu betrachten schien oder auch ins Wasser starrte, als würde er auf etwas warten. Das erzählten mir später viele Leute, die ihn dort sitzen sahen.

Zum ersten Mal weigerte er sich, an Ostern mit seinem Vater in den Süden zu fahren. Er wollte lieber nach Antwerpen, aber er sagte nicht, warum gerade dorthin. Sein Vater ging nicht auf seine Bitte ein. Dann, Ende Mai, kam Peter von einem Parkspaziergang nicht mehr zurück. Zuerst dachte ich mir nichts dabei und hoffte, dass er bei einem Mitschüler geschlafen hatte, doch als er am nächsten Tag immer noch nicht zurückgekommen war, meldete ich es der Polizei.

Beim Durchsuchen seines Zimmers fiel mir dieser Bericht in die Hände, und ich weiß nicht, was ich davon halten soll.

Seither ist beinahe ein halbes Jahr vergangen, doch ich habe es immer noch nicht aufgegeben, auf ihn zu warten.

Ich kann mir nicht vorstellen, wohin er sich gewendet haben könnte, denn er hat beinahe nichts mitgenommen. Alles, was er liebte und was ihm wichtig war, stand da, wo es immer stand, ausgenommen das Buch über den Maler Joachim Patinir und sein Kassettenrekorder.

Biografische Angaben

d'Almada, Rodrigo Fernandez: portugiesischer Faktor (Hersteller) in Antwerpen von 1521–1550.

Bombelli, Tommaso: reicher Seidenhändler aus Genua. Tommaso war Zahlmeister der Erzherzogin Margarete und einer der besten Freunde Dürers in Antwerpen.

Bosch, Hieronymus: bedeutender niederländischer Maler. Geb. um 1450 in Herzogenbusch, verheiratet mit einer reichen Adligen, die ihm ein unabhängiges Leben sicherte, gest. am 9.8.1516 in Herzogenbusch.
Seine bekanntesten Bilder sind *Das jüngste Gericht, Der Garten der Lüste* und *Das Heuwagen-Triptychon.*

Columbus, Christoph: Seefahrer und Entdecker Amerikas. Geb. 1451 in Genua. Er war der Erste, der den Weg nach Indien in westlicher Richtung suchte, und er entdeckte am 3.8.1492 eine dem amerikanischen Festland vorgelagerte Insel. Weitere Reisen 1493, 1498 und 1502. Gest. am 20.5.1506 in Valladolid, Spanien.

Cortés, Hernán: Heerführer unter Karl V., Eroberer von Mexiko. Geb. 1485 in Medellin, Spanien. Er eroberte in den Jahren 1519–1521 Mexiko und wurde Statthalter des Neu-Spanien genannten Reiches. Gest. am 2.12.1547 in Castilleja de la Cuesta bei Sevilla.

Desprez, Josquin: bedeutender niederländischer Komponist und Sänger. Geb. um 1440, vermutlich in Beaurevoir bei St. Quentin. Schüler Okeghems.
Von 1459–1474 Kapellsänger im Mailänder Dom. Ab 1476 in Diensten des Kardinals Ascanio Sforza, den er von 1486–1499 nach Rom begleitete. 1505 ließ er sich in Ferrara nieder. Gest. am 27.8.1521 in Condè.

Dürer, Albrecht: bedeutender deutscher Maler. Geb. am

21.5.1471 in Nürnberg. 1490–1494: Wanderschaft am Oberrhein (Colmar, Straßburg, Basel). 1494 heiratete er Agnes Frey. 1494/1495 und 1505–1507 Reisen nach Italien. 1520/1521 Reise nach den Niederlanden. Gest. am 6.4.1528 in Nürnberg.
Seine bekanntesten Bilder sind *Die vier Apostel* und die Selbstbildnisse.

Erasmus von Rotterdam: Humanist und Philosoph, sein bürgerlicher Name war Gerhard Gerhards. Geb. am 28.10.1466 oder 1469 in Rotterdam. Er war Angehöriger des Augustiner-Ordens und ab 1492 im Dienst des Herzogs von Cambray. 1495–1499 studierte er in Paris und hielt sich danach in den Niederlanden und in England auf. 1509 erschien die Thomas Morus gewidmete Schrift *Lob der Torheit.* Ab 1521 wohnte er in Basel, um mit Froben, dem Drucker seiner Werke, ständig in Verbindung zu sein. Als die Reformation in Basel siegte, ging er nach Freiburg, jedoch kehrte er 1535 nach Basel zurück, wo er am 12.7.1536 starb.

Franz I.: König von Frankreich, geb. am 12.9.1494 in Cognac, Frankreich, wurde 1515 König von Frankreich und unterlag 1519 trotz Unterstützung des Papstes Leo X. dem Habsburger Karl V., König von Spanien, bei der Wahl um die deutsche Kaiserkrone. Diese Niederlage konnte er nie verwinden. 1521–1526 und 1527–1529 führte er Kriege gegen Kaiser Karl und wurde 1525 bei der Schlacht von Pavia selbst gefangen genommen. Doch führte er noch zwei weitere Kriege (1536–1538 und 1542–1544), sogar im Bunde mit den Türken, gegen die habsburgisch-spanische Übermacht. Gest. am 31.3.1547 in Rambouillet.

da Gama, Vasco: Seefahrer und Eroberer, geb. 1469 in Sines, Portugal.

Im Auftrag König Manuels von Portugal machte er sich am 8.7.1497 von Lissabon aus auf den Weg, um den Seeweg nach Indien zu finden. Am 20.5.1498 erreichte er bei Clicut die indische Küste. 1502 wiederholte er die Reise und wurde 1504 ein drittes Mal nach Indien geschickt, wo er als Vizekönig die erste portugiesische Kolonie verwaltete. Gestorben am 24.12.1524 in Cochin, Indien.

Garsi da Parma, Santino: italienischer Lautenspieler und Komponist, geb. am 22.2.1542 in Parma. 1594 trat er in die Dienste des Herzogs von Parma. Gest. am 17.1.1603 in Parma.

Gillis, Pieter (auch: Petrus Aegidius)**:** 1486–1533 gelehrter Jurist und Stadtschreiber von Antwerpen. Freund von Thomas Morus und Erasmus von Rotterdam.

Isaac, Heinrich: Komponist und Musiker des 16. Jhs. Geb. vermutlich 1450 in Brabant oder Ostflandern.

1480 rief ihn Lorenzo di Medici als Lehrer für seine Söhne und als Organist nach Florenz.

1497–1514 diente er Kaiser Maximilian als Hofkomponist in Innsbruck. Ab 1515 wohnte er wieder in Florenz, wo er am 26.3.1517 starb.

Seine Lieder waren für das deutsche mehrstimmige Lied des 16. Jhs. richtungsweisend. Sein bekanntestes Lied ist *Innsbruck, ich muss dich lassen.*

Isenbrant, Adriaen: niederländischer Maler. Seit 1510 in Brügge nachweisbar, wo er im Juli 1551 starb.

Jacobus von Voragine: Erzbischof von Genua und Verfasser der *Legenda aurea.* Geb. um 1230 in Vorago oder Varazze, Italien.

1244 trat er in den Dominikanerorden ein und zog predigend von Ort zu Ort. 1292 wurde er Erzbischof von Genua, wo er 1298 starb.

Jacobus von Voragine wurde 1816 selig gesprochen. Außer der *Legenda aurea* verfasste er noch eine Chronik der Stadt Genua.

Joos van Cleve (bürgerlicher Name: van der Beke)**:** niederländischer Maler, geb. um 1485. Früher nannte man ihn auch »Meister des Todes Mariä« nach seinem Hauptwerk, das 1515 entstanden ist. Gest. 1540 oder 1541 in Antwerpen.

Karl V.: Deutscher Kaiser, geb. am 24.2.1500 in Gent, Niederlande, als Sohn Philipps des Schönen und Johanna der Wahnsinnigen. 1506 erbte er von seinem Vater Burgund und die Niederlande. 1516 folgte er seinem Großvater Ferdinand dem Katholischen auf den Thron Spaniens und Neapels. 1519 erhielt er von seinem Großvater Maximilian I. die Österreichischen Erblande, die er aber schon 1521 seinem Bruder Ferdinand überließ. Am 28.5.1519 wurde er in Frankfurt zum Deutschen Kaiser gewählt, aber erst 1530 von Papst Klemens IV. in Bologna gekrönt.
1521–1526, 1527–1529, 1536–1538 und 1542–1544 führte er Kriege gegen König Franz I. von Frankreich.
Durch die Eroberung Mexikos (1519–1521) und Perus (1532–1533) wurde das spanische Kolonialreich in Amerika begründet. Streng katholisch gesinnt, trat Karl der Reformation entgegen (Wormser Edikt 1521), musste aber 1532 den Nürnberger Religionsfrieden gewähren. 1556 dankte Karl V. zugunsten seines Sohnes, Philipps II., ab und zog sich in das Kloster San Geronimo de Yuste zurück, wo er am 21.9.1558 starb.

di Lasso, Orlando: niederländischer Komponist, geb. 1530 oder 1532 in Mons, Hennegaul. Seit 1560 leitete er die Hofkapelle in München. Er gilt neben Palestrina als der berühmteste Komponist des 16. Jhs. Er starb am 14.6.1594 in München.

Luther, Martin: Reformator, geb. am 10.11.1483 als Sohn eines Bergmanns.
1505 wurde er Magister an der Universität Erlangen. Am 17.7.1505 trat er auf Grund eines Gelübdes in das Kloster der Augustinereremiten ein. 1507 empfing er dort die Priesterweihe.
Von 1508-1510 hielt er philosophische und theologische Vorlesungen in Wittenberg und Erfurt.
1510–1511: Romreise
1513–1518 baute er in seinen Vorlesungen seine Rechtfertigungslehre aus.
Am 31.10.1517 schlug er an der Schlosskirche zu Wittenberg seine 95 Thesen über den Ablass an, um zu einer öffentlichen Disputation darüber aufzufordern.
1519: Leipziger Disputation (Erklärung gegen das Papsttum). 1520 entstanden drei große Reformationsschriften.
Am 10.12.1520 verbrannte Luther die päpstliche Bannandrohung.
Am 3.1.1521 wurde er von Rom gebannt.
Am 17. und 18.4.1521 verteidigte er sich vor dem Reichstag in Worms und wurde in Reichsacht getan. Kurfürst Friedrich der Weise rettete ihn und brachte ihn auf die Wartburg, wo er an der Übersetzung des Neuen Testaments arbeitete.
Im März 1522 kehrte er, trotz Acht und Bann, nach Wittenberg zurück. 1525 vermählte er sich mit der früheren Nonne Katharina von Bora.
1529: Religionsgespräch mit Zwingli in Marburg.
Er starb am 18.2.1546 in Eisleben, bestattet wurde er in der Schlosskirche von Wittenberg.

Magellan, Ferdinand: Seefahrer, geb. um 1480 in Sabrosa, Portugal.

Seit 1517 in spanischen Diensten. Er verließ am 20.9.1519 Salucar mit fünf Schiffen und entdeckte im Oktober 1520 die nach ihm benannte Magellan-Straße. Am 6.3.1521 entdeckte er die Ladronen.

Gest. am 27.4.1521 im Kampf mit Eingeborenen auf den Lazarusinseln.

Margarete von Österreich: Generalstatthalterin der Niederlande, geb. am 10.1.1480 in Brüssel als Tochter Kaiser Maximilians I.

1497 heiratete sie in Spanien Juan, den Sohn Ferdinands und Isabellas, der ein halbes Jahr nach der Hochzeit starb. Danach heiratete sie Herzog Philipp von Savoyen und wurde 1504 zum zweiten Mal Witwe. 1506 wurde Margarete von ihrem Vater als Regentin von Burgund eingesetzt und zugleich als Pflegemutter des späteren Karls V. 1514 endete die Regentschaft infolge von Differenzen zwischen ihr und ihrem Vater. 1521 setzte Kaiser Karl seine Tante wieder als Regentin ein.

Am 3.8.1529 schlossen Margarete und Louise von Savoyen den sogenannten »Damenfrieden« von Cambray, der für kurze Zeit Frieden zwischen Karl V. und Franz I. stiftete. Am 1.12.1530 starb Margarete von Österreich in Mecheln.

Massys, Quentin: bedeutender niederländischer Maler, Begründer der Antwerpener Malerschule, geb. 1465 oder 1466 in Löwen als Sohn des Schmieds Joost Massys.

1486 heiratete er Alyt Tuylt. 1491 wurde er in die St. Lukasgilde in Antwerpen aufgenommen. 1508 heiratete er zum zweiten Mal. Seine Frau hieß Katharina Heyns. Er starb 1530 in Antwerpen.

Bekannteste Werke: Annenaltar für die Peterskirche in Löwen, Johannesaltar für die Gilde der Schreiner in der Kathedrale von Antwerpen.

More, Thomas (auch: Thomas Morus)**:** englischer Staatsmann und Humanist, geb. am 7.2.1478 in London.
1516 erschien sein berühmtestes Werk *Utopia,* das er Pieter Gillis, dem Stadtschreiber von Antwerpen widmete. 1523 wurde er Sprecher des Parlaments, 1529 Lordkanzler. 1532 legte er seine Ämter nieder, da er als strenger Katholik der antipäpstlichen Politik Heinrichs VIII. nicht folgen konnte. Wegen seiner Weigerung, einen Eid auf die Oberhoheit des Königs über die englische Kirche zu leisten, wurde er zum Tod verurteilt und enthauptet. Die Hinrichtung fand am 6.7.1535 in London statt.
Thomas More war eng befreundet mit Erasmus von Rotterdam, mit dem er in regem Briefwechsel stand.

Okeghem, Johannes: bedeutender niederländischer Komponist, geb. 1425, vermutlich in Ostflandern.
1433–1444: Chorsänger in der Kathedrale von Antwerpen. 1446–1448: im Dienst des Herzogs Karl von Bourbon in Moulins. Ab 1452 im Dienst des französischen Königshofes als erster Kapellsänger und Kapellmeister. Gest. 1497 in Tours.
Er war u.a. der Lehrer von Josquin Desprez und galt als der wichtigste und führende Meister der franco-flämischen Schule.

Patinir, Joachim: niederländischer Maler. Der Name wird von Pantinen, d.h. Pantoffeln abgeleitet. Vermutlich war einer seiner Vorfahren Pantoffelmacher. Geb. 1480 oder 1485 in Bouvignes a. d. Maas. 1515 wurde er Freimeister der St. Lukasgilde in Antwerpen. Am 31.3.1521 kaufte er mit seiner ersten Frau Francisca Buyst ein Haus in Antwerpen. Aus dieser Ehe stammten zwei Töchter mit den Namen Brigitta und Anna. Am 5.5.1521 heiratete Patinir ein zweites Mal. Seine Frau hieß Johanna Noyts. Auf dieser

Hochzeit war Albrecht Dürer zu Gast. Mit seiner zweiten Frau hatte Patinir eine Tochter, die den Namen Petronella erhielt. Quentin Massys wurde Vormund der beiden Töchter der ersten Frau. Am 20.5.1521 schenkte Dürer Patinir eine Zeichnung, die auf grauem Papier vier Christophorusfiguren zeigte. Patinir starb am 5.10.1524 in Antwerpen.

Pesao, Francesco: portugiesischer Konsul in Antwerpen. Dürer nannte ihn »den klein factor von Portugal, signor Francisco«. Er kaufte von Dürer ein kleines Bild von der heiligen Veronika.

Pizarro, Francisco: Eroberer, geb. 1478 in Trujillo, Spanien, als Sohn eines spanischen Hauptmanns. 1502 ging er nach Westindien, 1531–1535 eroberte und zerstörte er das Reich der Inkas in Peru, 1535 gründete er dort die Hauptstadt Lima. Er wurde am 26.6.1541 in Peru ermordet.

Plankfelt, Jobst: Wirt in Antwerpen. Er besaß die Herberge zum »Engelenborch« in der Wolstraat Nr. 19, wo Dürer während seines Aufenthaltes in Antwerpen wohnte. 1520 stellte ihn Dürer in einer Federzeichnung dar. Plankfelt starb vor 1531.

Polo, Marco: bedeutendster Reisender des Mittelalters, geb. 1224 in Venedig. 1271 reisten er, sein Vater Niccolò und dessen Bruder Maffeo als Kaufleute über Bagdad zum persischen Golf und durch den Iran und das Pamir-Gebirge nach China (Cathay), wo er die Gunst des Großkhans gewann. 1292 verließen die Polos den Khan, fuhren durch das südchinesische Meer, besuchten die Sunda-Inseln und Vorderindien und kehrten über Persien nach Venedig zurück. 1298/1299 war Marco Polo in genuesischer Gefangenschaft, wo er einem Mitgefangenen seinen Reisebericht *(Il Millione)* diktierte.

Rem, Lucas: Kaufmann aus Augsburg, geb. 1481, reiste schon im Alter von 14 Jahren nach Venedig und später im Auftrag des Handelshauses der Welser auch nach Lyon und nach Lissabon. 1503 verhandelte er mit dem König von Portugal wegen einer Expedition in überseeische Länder, später reiste er im Auftrag des gleichen Hauses oft nach Antwerpen. 1517 machte er sich mit seinen Brüdern selbstständig und eröffnete ein eigenes Handelshaus. Am 17 5.1518 heiratete er in Augsburg Anna Ochainin.

Bei seinen zahlreichen, oft ausgedehnten Aufenthalten in Antwerpen besuchte er auch Joachim Patinir und kaufte einige Bilder von ihm, weil es ihm vor allem seine Landschaftsbilder angetan hatten. Lucas Rem starb 1541.

Villon, François: (bürgerlicher Name: Montcorbier)**:** frz. Dichter und Bänkelsänger, geb. 1431 in Paris.

François Villon kam aus ärmlichen Verhältnissen. Sein Vaganten- und Gaunerleben brachte ihn mehrmals ins Gefängnis. 1463 entging er nur durch eine Begnadigung dem Tod am Galgen. Er trieb sich herum und dichtete für Fürsten und Grafen, aber auch für Räuber und Dirnen viele Lieder und Balladen. Seine Spur verliert sich in den letzten Lebensjahren. Er starb vermutlich 1463 in Paris.

Alle anderen hier nicht aufgeführten Personen sind Fiktion.

Literaturhinweise

Geschichte

Christoph Columbus (Hg. R. Grün): *Das Bordbuch,* Erdmann 1970

Marco Polo (Hg. Th. Knust): *Von Venedig nach China,* Erdmann 1972

Nette: *Karl V.,* Rowohlts Monografien 1979

Pigafetta (Hg. R. Grün): *Die erste Reise um die Erde,* Erdmann 1968

Pirenne: *Die Geschichte Belgiens,* Bd. III, Gotha 1907

Ploetz: *Auszug aus der Geschichte,* Ploetz Verlag 1968

Kunstgeschichte

Friedländer: *Die altniederländische Malerei,* Bd. IX: *Joachim Patinir,* Bd. VII: *Quentin Massys,* Sijthoffs Uitgeversmij, Leiden 1934

Koch: *Joachim Patinir,* Princeton University Press 1968

Meder: *Die Handzeichnung,* Schroll 1923

Pons und Barret: *Patinir oder die Harmonie der Welt,* DuMont 1981

Rupprich (Hg.): *Albrecht Dürer.* Schriftl. Nachlass, Bd. 1, Deutscher Verein für Kunstwissenschaft, Berlin 1956

Screpel: *Hieronymus Bosch,* Parkland, 1977

Literatur

Brant: *Das Narrenschiff,* Reclam 1985

Erasmus von Rotterdam: *Lob der Torheit,* Insel 1979

Morus: *Utopia,* Beck 1987

Villon (Nachdichtung: P. Zech): *Lasterhafte Balladen und Lieder,* dtv 1962

Voragine: *Die Legenda aurea,* Schneider, Heidelberg 1925

Zweig: *Triumph und Tragik des Erasmus von Rotterdam*, Fischer TB 1986

Maltechnik

Doerner: *Malmaterial und seine Verwendung im Bilde*, Verlag für praktische Kunstwissenschaft 1922

Musik

Baumgärtner (Hg.): *Der große Musikführer*, Bd. 1: *Alte Musik*, Kiesel 1981

Religion

Die Bibel. Einheitsübersetzung der Heiligen Schrift, Katholische Bibelanstalt 1988

Einiger und Waldemar: *Die schönsten Gebete der Welt*, Südwest 1987

Schott: *Messbuch der Heiligen Kirche*, Herder 1939

Sonstiges

Miers: *Lexikon des Geheimwissens*, Goldmann TB 1976

Volkskunde

Kühnel: *Alltag im Spätmittelalter*, Edition Kaleidoskop 1986

Verzeichnis der Abbildungen

Von Sigrid Heuck bei Thienemann u. a. erschienen:

Irgendwo – Nirgendwo. Die Geschichte einer Flucht
Saids Geschichte

Heuck, Sigrid:
Meister Joachims Geheimnis
ISBN 978 3 522 20034 9

Umschlaggestaltung: Niklas Schütte
unter Verwendung von Bildern des
© Bildarchivs Preußischer Kulturbesitz, Berlin (pbk), 2008,
Joseph Martin (Fotograf) Bildnr.: 00021324
Innentypografie und -gestaltung: Bettina Wahl unter Verwendung von
Bildern © der Albertina Wien, Inv. DG 1930/1540, S. 95; Inv. 3165,
S. 160/161; © des Bildarchivs Preußischer Kulturbesitz, Berlin, 2008,
Jörg P. Anders (Fotograf), Bildnr.: 00029548, S. 195; Joseph Martin
(Fotograf), Bildnr.: 00021324 (Vor- und Nachsatz); Bildnr.: 10007120, S. 29;
© von Bridgeman Berlin, Bildnr.: XIR 253271, S. 27; © der National
Gallery of Art, Washington, Bildnr.: 1942.9.658.(B-493)/DR, S. 119
Schrift: Minion
Satz: KCS GmbH, Buchholz/Hamburg
Reproduktion: immedia 23, Stuttgart
Druck und Bindung: Friedrich Pustet, Regensburg

5 4 3 2 1° 09 10 11 12

www.thienemann.de